中公文庫

夢　幻（上）

上田秀人

中央公論新社

目次

夢幻（上）

第一部「夢の天下」徳川家康

序章

夢は儚《はかな》い。幻のように潰《つい》え、思わぬ形で叶《かな》う。

運命に翻弄された夢こそ現実であった。

徳川家康《とくがわいえやす》はもたらされた凶報に啞然《あぜん》となった。

「織田《おだ》どのが……前右府《さきのうふ》どのが討ち死にされた……」

豪商松井友閑《まついゆうかん》の接待を受けて一日堺《さかい》で遊び、満足して京へ歩を進めていた家康が
呆然《ぼうぜん》となった。

「惟任日向守《これとうひゅうがのかみ》さま、ご謀叛《むほん》にございまする」

京から早馬で報《しら》せにきた中島清延《なかじまきよのぶ》が詳細を告げた。

「馬鹿な、なぜ日向守が……織田どのに叛《そむ》くなど……あり得ぬ」

家康は首を何度も何度も繰り返し横に振った。

「理由はわかりませぬが、京はすでに水色桔梗《ききょう》の旗印に埋もれておりまする」

中島清延が述べた。

「そういえば、妙覚寺《みょうかくじ》に左近衛権中将《さこんえのごんのちゅうじょう》どのがおられたはずだ。織田の惣領《そうりょう》どのは、
どうなされた」

信長《のぶなが》から織田の家督を譲られた嫡男織田左近衛権中将信忠《のぶただ》も兵を率いて京にいた。

そのことを家康が思い出した。

「聞けば、守りに弱い妙覚寺を捨てて二条《にじょう》御所へとお移りあそばされ、籠城をなされておられると」

「手勢は多いのか。ならば、我らもそちらに合流し、日向守へ一泡吹かせてくれようぞ」

家康が望みを見いだした。

「……左近衛権中将さまがお連れの兵は……千五百に足りませぬ」

詰まりながら中島清延が答えた。

「日向の手勢は……」

暗い声で家康が確認を求めた。

「二万をこえると……」

中島清延がうつむいた。

「届かぬ」

兵力差を聞いた家康が嘆いた。

織田信忠が籠もった二条御所は京での宿泊場所として、信長が二条家から譲り受けた御池通《おいけどおり》に建てられた館である。後に正親町《おおぎまち》天皇の皇太子誠仁《さねひと》親王へ献上され、二条新御所と呼ばれるようになった。信長の居館であったことから、それなりの防御力を持ってはいるが、十倍をこえる敵に耐えられるほどではない。

「……こうとあれば見苦しいまねはできぬ。討ち果たされるよりは腹切ったほうがましよ」

武将らしい決断を家康が口にした。

「殿、それはなりませぬ」

「負けたわけではございませぬ。我らは戦《いくさ》に参加さえしておりませぬ」

同行していた酒井左衛門尉忠次《さかいさえもんのじょうただつぐ》、本多平八郎忠勝《ほんだへいはちろうただかつ》が家康を宥《なだ》めた。

「惟任日向守どのが織田前右府さまへ謀叛をいたしたのは、織田家の内紛でございまする。我ら徳川にはかかわりなきこと」

家康がまだ今川《いまがわ》家の庇護《ひご》にあったころから仕えてくれている本多庄左衛門信俊《しょうざえもんのぶとし》が家康の前に立った。

「庄左衛門……」

家康が本多信俊の顔を見た。

今回、家康が侍女二人を含んだわずか三十四名の供だけで堺に来たのは、織田信長の招きに応じてのものであった。

長年の宿敵であった武田《たけだ》家を滅ぼし、甲斐《かい》、駿河《するが》の両国と信濃《しなの》、上野《こうずけ》の一部を手に入れた織田信長は天下統一に大きく歩を進め、その同盟者たる家康に駿河一国を譲渡した。もっとも駿河は家康が今川家衰退に合わせて侵食しており、織田信長から分け与えられたというのは正しくないが、両家の力関係からその形を取らざるを得なかったのだ。

実際はどうであろうが、朝廷に大きな影響力を持つ織田信長を立てるのは当たり前である。家康は武田家滅亡の祝いを述べるべく安土《あづち》を訪問し、接待を受けた後、信長の勧めで天下第一の交易港堺を見物していた。そこへ今回の凶報が飛びこんできた。

「徳川家は織田家の家臣ではございませぬ。内紛にかかわらずとも」

本多信俊が説得を続けた。

「しかし……前右府どのを討ち取った日向守が、余を見逃すはずはない。徳川は織田と同盟している。織田を敵に回した日向守としては、なんとしても排除しなければならぬ。そして日向守は余がわずかな供だけで、堺におることを知っている。なにせ安土での饗応《きょうおう》役であったのだからな」

惟任日向守こと明智光秀《あけちみつひで》は、武田勝頼《かつより》滅亡の祝宴で徳川家康の接待役を任されていた。当然、その後家康がどこへ向かい、なにをするかまで把握している。

また、織田信長と家康の仲は固く結ばれていることでも知られていた。諸事情が絡んでいたとはいえ、家康と信長は幼なじみに近く、今川家や武田家の圧迫に手を結んで跳ね返してきたという歴史もある。

信長と家康の縁で保たれた関係は、一蓮托生《いちれんたくしょう》といえた。

「長く京奉行を任されていた日向守ぞ。周辺の地理にも詳しい。とても我らを逃がしてくれるとは思えぬ」

明智光秀はその用意周到さで、ややこしい公家《くげ》や武家に恨みを持つ庶民たちをうまく取り扱い、京の町を抑えこんできた。

「なにより京と堺は近い」

苦い顔を家康がした。

堺での遊興を楽しんだ家康らは、中国の毛利《もうり》征伐に出陣する信長を見送るべく京へと向かっていた。夜明けとともに堺を出た家康一行は、すでに摂津《せっつ》の国と山城《やましろ》の国、その境に近い交野《かたの》の郷まで来ていた。

「もし、日向守が余を討ち取ろうとして軍勢を出していたならば、どうしようもあるまい」

家康が諦観の目をした。

「首を獲《と》られるなど、武将としての恥じゃ。徳川の名を汚さぬためにも腹を切る」

家康が覚悟を決めたのも無理はなかった。

肚《はら》を決めた主君に意見できてこそ、忠臣といえる。

「殿はお名前を守ることができ、ご満足でございましょうが、御大将を失った、国元におる者どもはいかがいたせばよいのでしょう」

「むっ」

本多忠勝に迫られた家康が言葉に詰まった。

「戦えと命じられるならば、相手が万の兵でも蹴散らしてご覧に入れましょう」

生涯無敗、背中どころか全身に傷一つ受けたことさえないと自慢する本多忠勝の武名は鳴り響いている。本多忠勝が蜻蛉切《とんぼぎり》と名付けられた槍《やり》を構えただけで、戦場は狩り場に変わる。

「ですが、殉死は御免仕《つかまつ》りまする。拙者、かならず殿より先に死すと決めておりますれば」

基本として後追いになる殉死を本多忠勝が拒んだ。

「さよう、さよう」

他の家臣たちも本多忠勝に同意した。

「それに殿が自刃なされたなら、徳川の家はどなたがお継ぎになるので」

本多信俊が家康を見つめた。

「うっ……」

痛いところを突かれた家康が呻《うめ》いた。

「殿のお血筋は於義丸《おぎまる》さま、長松《ちょうまつ》さま、福松丸《ふくまつまる》さまのお三方でございますが、於義丸さまがようやく九歳、長松さまが四歳、福松丸さまにいたってはまだ三歳でございまする。どなたさまが当主になられようとも、未《いま》だお若すぎ、とても三河《みかわ》、遠江《とおとうみ》、駿河の三国をお保ちになられるのは……」

本多信俊の発言は徳川家の問題を的確に射貫《いぬ》いていた。

「割れますぞ。徳川が」

西三河の譜代家臣を代表する石川数正《いしかわかずまさ》が首を左右に振った。

三河を本国とする小名だった徳川が、織田と組んだお陰で遠江と駿河の両国を支配するまで大きくなった。だが、それは二国の者たちの不満を内包していた。

徳川が割れる。

家康は石川数正の言葉に唇を嚙《か》んだ。

「於義丸さまのご生母お万《まん》の方さまは駿河に近く、長松さま、福松丸さまのご生母西《さい》郷《ごう》の局《つぼね》さまは三河の出。どちらのお子さまが徳川のご当主になられるかで、家臣たちの序列が変わりましょう」

「…………」

石川数正の話は家康を黙らせた。

お万の方は、家康の亡き正室で今川義元《よしもと》の姪《めい》瀬名《せな》付きの侍女から側室になった。対して西郷の局は家康が鷹狩《たか》りに出たときに目をつけて連れ帰ってきた。

当然、今川領から徳川領になった駿河、遠江両国の家臣たちは、お万の方が生んだ於義丸を担ぎ、徳川の中心たる三河の者どもは長松のもとに集う。

せめて於義丸か長松のいずれかでも元服していれば分裂の抑止ともなったろうが、どちらもまだ幼すぎた。

「吾《われ》が後継を指名しておけば……」

家康が後継者指名をすませておけばよいだろうと言った。

「誰がそれを伝えるのでござる」

石川数正が冷静に応じた。

「いえ、正確に伝えましょうや。三河の者は長松さま、駿河、遠江の者は於義丸さまをと、殿のご意向にかかわりなく国元へ伝えましょう」

利害がある限り、人は傾くものである。石川数正の言いぶんへの反論は誰にもできなかった。

「腹切ることもできず、日向守づれに追われて逃げねばならぬというか」

家康が悔しそうに歯がみをした。

「潔く末期《まつご》を遂げるのが名将ではございませぬ。織田前右府さまはそれをよくご存じでありました。殿も覚えておられましょう、かの金《かね》ヶ崎《さき》のことを」

酒井忠次が述べた。

金ヶ崎の退《の》き戦は、家康にとって忘れられないものであった。

京を押さえ、天下人として名乗りをあげた織田信長に従わない者は多かった。その一人越前《えちぜん》の太守朝倉義景《あさくらよしかげ》を滅ぼすため、織田と徳川は兵を進めた。そのとき、信長の義弟であった浅井長政《あざいながまさ》が寝返った。

前に朝倉、後ろに浅井と挟まれた信長は、家康はもとより家臣たちも置き去りにして、逃げ出した。殿《しんがり》を務めることになった家康は、信長の家臣木下秀吉《きのしたひでよし》らと手を組んで、追いすがる朝倉、浅井の兵を押しとどめ、なんとか国へ帰ることができた。

まさに味方を見捨てる卑怯《ひきょう》未練な態度だったが、信長が生き延びたことで天下の情勢は変わらず、逆に朝倉、浅井が滅んだ。

その故事を見習うべきだと酒井忠次は家康に願ったのだ。

「ここは恥を掻《か》いても生き抜いて、いつか日向守めを討ち果たせばよいと」

確かめるような家康に酒井忠次がうなずいた。

「左様でございまする」

「……わかった。自害はせぬ。三河へ帰ろう」

家康が指を握りこむように拳《こぶし》を作り、泣きそうな声で宣した。

「よくぞ、ご決断くださいました」

石川数正が家康の判断を称賛した。

「問題はどの経路を使うかじゃ」

「堺へ戻り、船を仕立てて熱田《あつた》まで行くというのはどうじゃ」

「それはなるまい。すでに前右府さまが亡くなられたという噂《うわさ》は近隣に届いていよう。雑賀《さいか》の者たちが黙ってはおらぬ」

「ならば、京を避けて伏見《ふしみ》を密《ひそ》かに抜けるというのは」

家臣たちが口々に意見を出し合う。

「三郎《さぶろう》が生きておれば……」

家臣たちの様子を見ながら、家康がなんともいえない表情で呟《つぶや》いた。

惟任こと明智日向守光秀の追っ手をまきつつ、本国三河の岡崎《おかざき》城まで帰る。

家康一行の決断は、容易なものではなかった。

すでに一行は明智光秀の軍勢がいる京に近い摂津国交野村まで来てしまっている。ここから三河へ帰らなければならないのだが、京はもとより琵琶《びわ》湖の水運と街道筋を押さえる近江坂本《おうみさかもと》も敵地となっている。いかに一騎当千の本多忠勝、榊原康政《さかきばらやすまさ》らがいるとはいえ、とても突破できるものではなかった。

「我らが先行いたしましょう」

酒井忠次と本多忠勝が進路の安全を確認するために先発した。

「一揆《いっき》勢や土豪などは、わたくしが金で片をつけまする」

中島清延が同行すると述べた。

「任せる」

家康一行は京を避け、山城国宇治田原《うじたわら》から大和《やまと》国木津《きづ》へと抜けた。

「わ、我らは日向守どのに恩讐《おんしゅう》なし。徳川どのとご一緒するのは遠慮したい」

家康の堺見物に同行していた、甲州《こうしゅう》武田の一族ながら織田へ寝返って生き残りをはかった穴山玄蕃頭《あなやまげんばのかみ》信君《のぶただ》が、徳川の一行から距離を取ろうとした。

穴山信君は織田に降伏した甲州の武将でしかなく、その領国も数万石ていどでしかない。光秀にとって、信長と個人的な絆《きずな》を保つ家康とは価値が違った。

「ご武運をお祈りいたす」

一門の武田勝頼でさえ見捨てた穴山信君だけに、いつ裏切るかわからない。家康も引き留めはしなかった。

「よろしかったのでございますか。少数とはいえ、貴重な戦力を」

石川数正が懸念を表した。

「落ち武者狩りへの贄《にえ》として使えましょうに」

本多信俊も家康に再考を促した。

「生け贄は不要じゃ。もう……」

苦い顔で家康が告げた。

第一章　夢の始まり

一

本能寺《ほんのうじ》で織田信長が明智光秀に討たれた六月二日から、わずか二日で家康一行は本拠岡崎へと帰り着いた。

「そのようなことが……」

家康から経緯《いきさつ》を聞かされた家臣たちが絶句した。

「まずは天下の様子を見てから動くべきだ」

「いや織田家とのかかわりから、なにをおいても謀叛人の日向守を討ち取るべし」

「駿河、遠江、三河を固く守るときでござる」

岡崎城の大広間に集まった家臣たちが勝手な意見を口にした。

「…………」

それを家康は黙って腕組みしながら見ていた。

「織田を見限って、尾張《おわり》へ侵攻いたしましょうぞ。信康《のぶやす》さまの恨みを晴らすは今でございまする」

石川数正が険しい顔で家康へ進言した。

「それは……」

「なにを言い出すか、石川」

議論をしていた家臣たちが一様に驚愕《きょうがく》した。

「我らがどれだけ織田に尽くしてきたか、皆もわかっているだろう」

一同を見回しながら、石川数正が述べた。

「金ヶ崎の退き戦、武田への盾《たて》、北条《ほうじょう》の牽制《けんせい》と、徳川は常に織田の盾になってきた。その徳川のご嫡男を前右府さまは……」

「むう」

「……たしかに」

慟哭《どうこく》するような石川数正の言葉に、家臣たちがうなった。

「長篠《ながしの》の合戦で武田は力を失った。その武田と内通したなどという取ってつけたような理由で、信康さまに腹を召させた。信玄《しんげん》西上のときならば、まだしもだ。それが東における最大の脅威である武田が敵でなくなった途端に言い出すなど、信康さまが織田にとって邪魔になったからとしか思えぬであろうが」

「…………」

火種を投げこんだ石川数正に軍議は紛糾した。

たしかに徳川は織田の盾であった。だが、織田がなければ徳川が保《も》たなかったのは確かであった。

そもそも徳川は三河の一土豪でしかなかった。松平《まつだいら》と名乗っていたころの徳川を三河一国の主にとのしあげたのが、家康の祖父清康《きよやす》であった。一代の英傑であった清康は十三歳で家督を継承すると、離反していた一族や家臣らを力でねじ伏せ、あっという間に三河を手中にした。その勢威はやはり織田を尾張を代表する戦国大名へと成長させた信長の父信秀《のぶひで》を攻めるところまでいった。

しかし、清康の野望はあっさりと潰えた。尾張侵攻の最中、清康は家臣の阿部《あべ》弥七《やしち》郎《ろう》によって刺殺されてしまった。一家臣とのもめごとが三河の勢いを消した。

二十五歳で若死にした清康の跡を継いだ家康の父広忠《ひろただ》は十歳、とても三河一国を支配できるはずもなかった。たちまち三河は戦乱の巷《ちまた》に戻り、今度は織田信秀から狙われた。

「ご助力たまわりたし」

切羽詰まった広忠は駿河の国主今川治部大輔《じぶのたいふ》義元を頼った。

親子で争う乱世に慈善はない。相応以上の対価を求められるのは当然であり、二万という大軍を貸してくれ織田信秀を追い払った今川の下《もと》に松平は組み入れられる羽目になった。

「嫡子を駿府《すんぷ》へ差し出せ」

今川義元は広忠の長男竹千代《たけちよ》を人質に要求した。この竹千代こそ後の家康である。

だが、ここで運命が一つ動いた。竹千代を駿河へ運ぶ役目を担っていた戸田康光《とだやすみつ》が突然織田へ寝返り、竹千代を尾張へ引き渡した。

「そなたが三河の息子《むすこ》か。余が上総介《かずさのすけ》じゃ」

織田信秀に捕らえられた竹千代を信長が訪ね、二人は出会った。

九歳差の信長と竹千代、二人が幼なじみとして交流したのはわずか二年だったが、後の織田徳川同盟のもととなった。

織田信長との出会いは、竹千代にとってあまり芳《かんば》しいものではなかった。

「自立できぬ小名は哀れよな。嫡子を人質に出さねばならぬし、それを横取りされても奪い返せぬ」

信長は遠慮をしなかった。

「…………」

六歳で人質に出されるだけでも厳しいのに、一族の戸田康光の裏切りで敵対している織田家へ連れ去られた。幼い心に加えられた衝撃は大きく、竹千代はうつむくだけであった。

「顔を上げぬか。そなたは松平の嫡子であろう。それがこの程度のことで気を落としていては、侮られるぞ。おぬしが侮られるのではない。松平の名前がだ。そなたの祖父も父も気概なき者として笑われることになるぞ」

けなしているのか、励ましているのかわからない信長を竹千代は見上げた。

「それでいい。どれほど落ちぶれようとも、相手の目を見る気概だけは失うな。それをなくしたとき、そなたは武将でなくなる」

「はい」

満足そうに笑う信長に竹千代はうなずいた。

人質というのは、迫害されるか、無視されるか、腫れものに触るように忌避されるかのどれかである。だが信長は違った。ふらりと現れては竹千代を遠乗りに連れ出したり、庭で相撲《すもう》を仕掛けたり、いじり倒したのだ。

「付き合え」

それだけではなく、信長は己が招いた師から指導を受ける場に竹千代を同席させ、ともに学問をした。

敵対している大名の嫡子と捕らえた大名の嫡男が親しく交流するなどあり得なかった。

人質というのは有効な脅しの手段であるがゆえに、預かっている側に大きな責任が生じた。死なれては人質の意味がなくなるだけでなく、より敵をかたくなにする。ために食事を含めた健康や安全への配慮が要《い》った。

だが、敵になるかもしれない人質に教育を与えるというのはまずなかった。三河の松平家は尾張に従属しているわけではない。降伏してきた者、臣従を申し出てきた者から担保として取る人質と、竹千代の意味合いは違っていた。

「今川と手切れをなし、織田と組め。両家が手を携えて今川を三河から追い出し、遠江へと旗を進めようではないか」

「たとえ、吾《わ》が子がいかなる目に遭おうとも、松平は今川から受けた恩義を忘れぬ」

竹千代を形《かた》に織田につけと言った織田信秀の申し出を松平広忠は一蹴した。

広忠は虎視眈々《こしたんたん》と領土を狙っている信秀を信用するほど間抜けではなく、東海一の弓取りと讃《たた》えられる今川義元と敵対する愚かさを知っていた。

「吾が子を捨てるか。情なき者よな。身内を大事にできぬ者に国は守れぬぞ」

信秀は広忠を嘲弄し、交渉の継続を狙ったが、広忠は受けなかった。

織田家は三河だけを狙っていたわけではなく、美濃《みの》にも手を伸ばしていた。その美濃の斎藤道三《さいとうどうさん》との間がきな臭くなってきた。

「美濃が先じゃ」

信秀は二方面での戦いを嫌って松平との交渉を棚上げにした。

この段階で竹千代の人質としての価値は、織田家においてかなり落ちた。

何度も密使を送り、戸田康光を寝返らせた手間が無駄になった。

「とりあえず、逃がさぬようにだけいたせ」

信秀の指示もあり、竹千代の警固はかなり緩められた。

結果、竹千代はなにかの役に立つこともあろうと一応保護されているだけで、ほとんどいない者同然の扱いになった。

その竹千代になぜか織田の惣領息子、信長が目をつけた。

「他の人質なぞいじろうものなら、平手《ひらて》の爺《じい》らに叱られるからの」

なぜ自分にばかりかまうのか、と尋ねた竹千代に、信長は傅育《ふいく》役の老臣たちがいい顔をしないからと語った。

織田家には他にも人質はいる。ほとんどが織田信秀の武勇に膝《ひざ》を屈した尾張の土豪たちの子供である。織田家がここまで大きくなる前から敵対していただけに、いつまた関係が崩れるかも知れない。人質の扱い次第では、これらの土豪をふたたび織田家から遠ざけることにもなる。そんなところに興味津々の信長を近づけるなど、油の側《そば》で火遊びをするようなものである。

その点、竹千代ならばたとえ殺してしまったとしても、松平家との関係が悪いことには変わりない。

竹千代は破天荒な信長のおもちゃとして差し出された人身御供《ひとみごくう》であった。

「いつまでもそなたを抱えてはおれぬ。そなたは三河の押さえになると同時に、尾張に今川を呼びこむ火種ぞ。いずれ手放さねばなるまい。そのとき織田ではなにも得なかったと言われるわけにはいくまいが」

信長は問いかける竹千代に嘯《うそぶ》いた。

「それこそおかしいではございませぬか。わたくしが帰ったとき、織田の軍法などを話せば、戦いで不利になりましょう」

軍の動かし方、陣の張り方などは、大名によって違っており、厳重に秘されていた。軍法を敵に知られてしまうと、戦のときの進退を読まれてしまい、かなり不利になるからであった。

当然ともいうべき竹千代の問いかけに信長は口の端を吊《つ》り上げた。

「そなたをまともに扱うのが不思議か」

「松平と織田は槍を突き合わせておりまする。もし、わたくしが生きて三河に戻れば、かならずや上総介さまの前にて弓を射ましょう」

竹千代が信長の疑問に応じた。

元服して三郎と名乗った信長は上総介を僭称《せんしょう》しており、人質の竹千代は信長の名前を呼ぶことを許されていなかった。

「そのときには軍法も変えておるさ。もっとよいものにな」

信長が大きな口を開けて笑った。

二

人質としての生活が二年目に入ったところで大きな動きがあった。

「竹千代」

天文《てんぶん》十八年（一五四九）三月の十日、織田信長が珍しく悲愴《ひそう》な顔で松平竹千代のもとへ現れた。

「どうかなさいましたか」

竹千代が信長によくないことがあったのかと気遣う声をかけた。

「悪い報せだ」

いたましそうな目で信長が竹千代を見た。

「……三河になにか」

それで竹千代が気づいた。

三河は尾張の虎織田信秀と海道一の弓取り今川義元の間に挟まれ、そのどちらからも狙われている。

一応、織田とは敵対し、今川の庇護を受けているが、そんなものはあっさりとひっくり返るのが戦国乱世である。

「織田の侵略を防ぐため、岡崎城へ援軍を出す」

大義名分を掲げた今川の兵が三河に入った途端、侵略軍に変わってもおかしくはないのだ。

竹千代の危惧はまちがってはいなかった。

「国ではない。そなたの父だ」

「父……父が討ち取られましたか」

戦国武将の息子としてふさわしい予測を竹千代がした。

「残念だが違う。松平三郎どのは謀叛した家臣に太股《ふともも》を刺され、その傷からの毒でこの六日に敢《あ》えなくなられたそうだ」

「父上が、家臣に……」

竹千代が唖然とした。

「なぜ、そこまで松平は家臣に嫌われる」

何度も何度も竹千代は首を左右に振って嘆いた。

「祖父清康を殺したのも家臣、そして父を刺したのも……」

竹千代は悄然《しょうぜん》とうつむいた。

父松平広忠の死よりも家臣の裏切りに衝撃を受けた竹千代を、信長がじっと見つめていた。

「悔やみは要らぬようだの」

「……無用でございまする」

信長の言葉に竹千代がうなずいた。

「世に法も仏もない乱世でございまする。まして戦いを業となす武将ならば、いつ何時果てようとも悔やみはいたさぬもの」

八歳とは思えない覚悟を竹千代が口にした。

「ふむ。見事な覚悟である」

信長が感心した。

「しばらく一人にさせてくださいませ」

竹千代が願った。

「わかった。おまえたちも来い」

首肯した信長が、竹千代の見張りとして同席している織田の家中に命じた。

「それはなりませぬ。もし、人質が自害でもするようなことになれば、我らはお役目を果たせなかった役立たずとなりまする」

見張りの織田家家臣が拒んだ。

「今の言葉を聞いておらなんだのか」

信長の機嫌が一気に傾いた。

「父の横死を受け入れ、家中の不義に怒りを見せる。あれをそこいらの子供と侮るな」

一瞬信長が竹千代に目をやった。

「いずれ名をなす武将となる」

信長が断言した。

「竹千代、こやつらの面目もある。一人きりにしてやるのは半刻《はんとき》（約一時間）だけだ」

「かたじけなし」

制限をかけた信長に、竹千代が感謝した。

「行け……ああ、竹千代」

先に追い出した家臣たちに続いて、座敷を出かけた信長が首だけで振り向いた。

「そなたの父を襲った者に織田はかかわっておらぬ」

「…………」

言い残して去った信長に竹千代は無言で一礼した。

松平広忠の死から八カ月が過ぎた秋、

「嘆く松平家の者どもの苦衷《くちゅう》を払拭《ふっしょく》すべし」

今川義元は太原雪斎《たいげんせっさい》に二万の大軍を預け、織田信秀が三河攻略の楔《くさび》として打ちこんだ安祥城《あんじょう》を攻めた。

「なんの。耐えてみせるわ」

一度は今川勢を跳ね返した安祥城主の織田信広《のぶひろ》だったが、二度は保たなかった。

安祥城は落ち、信広は今川の手によって捕縛された。

織田信広は信秀の庶長子であった。生母の出自がよくないため、弟の信長に嫡子の座を奪われているが、織田の重要人物には違いなかった。

「松平の嫡子と交換いたしたい」

「承知した」

今川からの申し出を信秀は受け入れざるを得なかった。

「吾が前に立ち塞がってこい」

人質として預けられていた熱田の豪族加藤図書助順盛《かとうずしょのすけよりもり》の屋敷を出る竹千代を、信長が見送りに来ていた。

「長らくお世話になりましてございまする」

竹千代が深々と頭を下げた。

いつ裏切るかわからない戦国の人質交換は、双方の影響力が重なるあたりでおこなわれることが多い。

しかし、竹千代と信広の交換は尾張鳴海《なるみ》にある笠寺《かさでら》観音でおこなわれることになった。

これはあくまでも松平家と織田家の交換であり、今川家が相手ではなかったからだ。

そこに人質としての価値が加味された。

信広は織田信秀の長男ではあるが、庶子であり嫡男ではない。

対して竹千代は、広忠の死を受けて松平家の当主となっている。

一門と当主では比べものにならないほど、当主が重い。

その当主を返してもらうのだ。松平家が尾張へ足を運ぶのは当然であった。

天文十八年十一月八日、人質交換は無事に終わった。どちらも罠《わな》を警戒して、当主や一門の出席はなく、竹千代を連れた一行は笠寺観音の大門前を通る東海道をあっさりと東へと去っていった。

二年振りの帰郷だったが、竹千代は岡崎城本丸へ入ることは許されなかった。

岡崎城にはすでに今川家の代官として朝比奈《あさひな》備中守《びっちゅうのかみ》泰能《やすよし》が入城しており、竹千代が本丸へと足を踏み入れるのを拒んだからであった。

「無礼な」

松平の家臣たちが不満を持ったが、今川のお陰で奪われていた竹千代が戻ってきたのだ。織田信広を捕まえるため、二度も安祥城を攻めた今川の損害は大きい。本来ならば松平が単独で竹千代を取り返さなければならないのを、今川が代わってしてくれただけに陰では文句を言えたが、表だって朝比奈泰能へ苦情を申し立てることはできなかった。

竹千代は岡崎城二の丸で主だった家臣たちと再会を祝したあと、身体《からだ》を休める間もなく駿府へと連れ去られた。

「父上さま」

岡崎を去る前、竹千代は成道山松安院大樹寺《じょうどうさんしょうあんいんだいじゅじ》へ立ち寄り、父広忠の墓と対面した。

「…………」

一声かけたあと竹千代は無言で墓標を見つめた。

「そろそろよいか」

小半刻（約三十分）ほどで、駿河まで竹千代を護送する今川の将が促した。

「参りましょう」

うなずいた竹千代は、広忠の墓を振り返ることなく歩み去った。

「子供のくせにかわいげない。泣きもせぬ」

敵方に人質として囚《とら》われていたのだ。八歳やそこらの子供ならば、肉親の墓を見ただけで涙を流して当然である。今川の将が竹千代の態度に不快そうに頰《ほお》をゆがめた。

人は触れ合ってこそ、親近感を覚える。

六歳になるやならずで尾張へ連れ去られ、二年後には駿府へと移される。

竹千代は家族というものの触れ合いを知らなかった。いや、与えられなかった。

もっとも武将は戦うのが本分で、子育ては傅育役の仕事である。町人親子のように息子を慈しむことはない。せいぜい、朝夕の挨拶《あいさつ》を交わすていどである。

とくに三河の国主松平広忠は父清康の横死によって揺らいだ支配を維持するために東奔西走しており、竹千代をかまっている暇などなかった。

また、竹千代には愛情を注いでくれるべき母親もいなかった。

死んだわけではない。

竹千代の母於大《おだい》の方は尾張の東から三河の西を治める刈谷《かりや》城主水野右衛門大夫忠政《みずのうえもんのたいふただまさ》の娘であったが、実家の水野家が松平家と手切れし、織田と組んだために離縁されていた。竹千代はまだ三歳であった。

戦国武将の家に生まれた者の宿命とはいえ、竹千代は親の慈しみを知らずにいた。

さらに家臣たちとの関係を構築する間もなく駿府へ出された竹千代を待っていたのは、織田のときとは大きく違った扱いであった。

「松平の小倅《こせがれ》」

「今川にすがらねば、尾張の虎に食い潰される小名の跡継ぎ」

嘲弄される日々に竹千代は投げこまれていた。

「…………」

人質は国元が裏切れば見せしめとして殺される。そして人質がなにかふさわしくないまねをしでかしたとき、大きな代償が国元に課せられる。

竹千代はなにを言われようとも反論しなかった。

「うつむくな」

かつて織田信長から言われた教訓が竹千代を支えていた。

「いつか上総介どのとまみえるとき、胸を張って会うのだ」

松平竹千代の覚悟は、今川家の家臣たちの目には不遜《ふそん》に映った。

戦国での人質は、弱者から強者へ手向かいしませんとの誓い、あるいは助力してもらうための担保として差し出される。

どちらにせよ、人質は肩身の狭い思いをし、今川の者の目を避けて屋敷に閉じこもるか、外に出ても顔を伏せて道の端を歩く。

「分をわきまえておらぬ」

さすがに道の中央を行くことはないが、しっかり顔を上げて歩く竹千代の態度は今川の家中を刺激した。

「この童《わらわ》のために、今川の兵がどれほど死んだか」

とくに竹千代を嫌ったのが、人質屋敷の隣に住む孕石主水《はらみいしもんど》であった。

今川譜代の家臣であった孕石主水は、ことあるごとに竹千代を貶《おとし》めた。

「……………」

竹千代はそれに耐えた。

「思ったより、肚の据わった男の子《おのこ》やの。三河を押さえるにもちょうどいい。一門に加えてやろうかの」

その様子を知った今川治部大輔義元が、竹千代の器量を認めた。

といったところで、今川義元の娘三人はすでに嫁いでいる。

「吾が妹が嫁いだ刑部少輔《ぎょうぶのしょうゆう》に歳頃《としごろ》の合う娘がおったの」

一門で駿河持船《もちぶね》城主関口《せきぐち》刑部少輔親永《ちかなが》の娘瀬名に今川義元は白羽の矢を立てた。

「まずは元服じゃ。その後瀬名と婚姻をさせればよいか」

天文二十四年（一五五五）春三月、今川義元の命《めい》で竹千代は元服した。

「一字を与える」

今川義元から偏諱《へんき》をもらい、竹千代は松平次郎三郎元信《じろうさぶろうもとのぶ》と名乗ることになった。

婚約をしたからといって、相手は今川義元の養女である。実子に比べればまだましとはいえ、簡単に嫁として迎えるわけにはいかなかった。

御殿の新築、新しい侍女、小者などの手配、椀《わん》や皿など生活用具の用意といろいろな雑用をすませ、完璧な状態にしてからでなければ婚姻の儀は認められない。

「別段、こちらから望んだわけではない」

松平次郎三郎元信が不満を口にした。

「ですが、お断りなどできませぬ」

駿河までついてきた家臣本多信俊、酒井忠次らが元信を宥めた。

元信が腹を立てているのは、婚姻に伴う費用を松平家が負担しなければならないことであった。

御殿の新築だけで数千貫かかる。さらに今川義元の姫を住まわせるだけの調度品を新調しなければならない。その他、婚姻の宴席の費用などを加えれば、総額は一万貫近くになる。

「嫁など已用の箸《はし》と茶碗《ちゃわん》、季節の着替え数枚だけ持ってくればよい」

元信が吐き捨てた。

「殿、養女とはいえ、今川公の姫さまを娶《めと》られるのでござる。これで松平も今川の一門、扱いが変わりましょう」

酒井忠次が期待を見せた。

今の三河は今川の属領扱いをされていた。居城の岡崎城は今川の代官が接収し、毎年あがってくる年貢もなんやかんやと理由をつけられ駿府へと持ち去られていく。

「御当主どのの掛かりでござる」

駿府で人質生活を送っている元信の費用に充てられる。そう言われては、家臣たちが止められるはずもなく、松平家はその経済まで今川の支配下に置かれていた。

収入がないに等しいときに、金を浪費する嫁をもらう。

「軍資金が底を突く」

元信が苦々しげに頬をゆがめた。

三

今川の助力で織田の攻勢をしのぎ、囚えられていた元信も帰還できた。

松平家は今川家に頭が上がらなかった。

先代松平広忠が死に、元信が当主となったにもかかわらず、その元信を人質として差し出さなければならない。それほど松平家は弱かった。

それでも今川家は岡崎城に残されていた重代の家宝やいざというときのために蓄えられている軍資金には手を出さなかった。

松平が今川に敵対していたならば別である。敗者はなにも勝者に要求できない。すべてを失うのが世の決まりである。

しかし、松平は独立した大名で、今川家へすがってきたのだ。

そして今川は足利《あしかが》将軍家の流れを汲《く》む名門だけに、庇護を求めてきた者から財宝を奪い去るというのはあまりに外聞が悪すぎた。

「軍資金を失えば、戦ができぬ」

元信が険しい顔をした。

武士はご恩と奉公で成り立っている。従うに見合うだけの禄《ろく》をもらうことで、家臣たちは主君に忠誠を誓う。主君と家臣の根本には金があった。

その金がなくなる。

家臣と主君の間にひびが入るだけではなかった。軍資金がなくなれば、松平家は戦を起こすことができなくなる。

戦は人だけでするものではなく、武具や矢玉、兵糧などの消耗品も要る。これらを手配するには金がかかる。

軍資金を失った松平家に、織田が攻めてきたらどうするか。

今川に助力を求めるのは当然だが、すぐに援軍が来るわけではない。それまでの間、松平家だけで織田の攻撃に耐えなければならないのだ。金がなければその戦いを無手でることになる。

「金をお借りしたい」

またも松平は今川を頼ることになる。

金で支配される。

戦国武将にとって大きな屈辱であるが、生き残るためには致しかたない。

どれほど今川家のやり方に腹が立とうとも、松平家はそれを拒むことはできなかった。

「ならば、好きにすればよい。金は知らぬ」

今川義元に手を振られた日から松平家の敵は織田だけでなくなり、今川家にも狙われることになる。

そもそも今川義元は、中原《ちゅうげん》に旗を立て衰退した足利幕府を立て直し、その執権《しっけん》として天下に号令をかけようとしているのだ。

京への経路にある大名たちを従えるか、滅ぼすか。今川義元にしてみれば、松平家を穏やかに吸収するか、滅ぼすかの違いでしかない。

どちらにせよ今川義元が執権になったときには、松平家はその家臣に墜《お》ちているか、滅んでいるか、まちがいなく独立した大名ではなくなっている。

ならば命あるほうを選ぶ。

文句を言いながらも、松平元信は弘治《こうじ》三年（一五五七）一月十五日、今川義元の姪、関口瀬名との婚姻をおこなうことになった。

大名の婚姻は男女の関係ではなく、家と家との外交である。

嫁いできた娘は、妻であると同時に人質でもあり、そして内情を実家に報せる細作《さいさく》でもあった。

それくらいは端《はな》から承知の元信だったが、今川家から閨《ねや》を強要されるのは耐えがたかった。

「瀬名に月の障りがない限り、毎夜閨へ通い、子を作れ。今川と松平の血を引く男子が生まれてこそ、両家の絆は本物になる」

婚姻の前日、挨拶のため駿府館へ向かった元信に今川義元が命じた。

「承知いたしましてございまする」

元信は淡々と受け入れた。

「その男子が元服するなり、吾を隠居させるつもりだな」

今川義元の狙いを元信は見抜いていた。

名門の跡取りは、嫁取り前に閨ごとを知るのが慣習であった。

これはいきなりの閨ごとで勝手がわからず、失敗しては後々に障るからである。

名門同士の婚礼には、大きな問題がついて回った。生まれた子供が当主の胤《たね》かどうかという確信の有無であった。

親戚縁者でさえ、虎視眈々と領土を狙っている乱世で、嫁の実家だからといって信用できるはずはなかった。とくに妻の実家には、婚家を簒奪《さんだつ》する方法がある。嫁に行く女の腹にあらかじめ、胤を仕込んでおけばいい。そうすれば、婚姻の後に生まれた嫡子として扱われる。つまり、男が生まれてくれれば、夫の血をまったく引かない子供が家督を継ぐことになる。戦いなくして家を丸々乗っ取れる。

当然、嫁を迎える側もそれへの対応を考える。多いのは初夜の前に、花嫁が閨ごとの経験を持つかどうかを医師に調べさせることだ。

ここで問題がなく無事に床入りとなったとき、夫も妻も経験がなければ閨ごとに失敗する怖れが出てくる。最初に失敗して夫が稚児《ちご》に走ったり、妻が夫を拒んだり、夫婦《めおと》の間がうまくいかなくなってはまずい。

武将の婚姻は同盟、従属、支配の一手段であり、この破綻は両家の仲を大きく左右する。

それを防ぐため、武将の家では嫡男があるていどの年齢になると、家中の後家などに閨ごとの手ほどきをさせた。夫だけでも閨ごとに精通し、なんとか初夜を乗りこえ、子をなすように仕向けるのである。

ただ、松平元信には認められなかった。

閨ごとの指導とはいえ、男女が同衾《どうきん》すれば子ができるかも知れない。関口瀬名以外の女との間の子供というだけでも問題なのに、長子の誕生になってしまう。瀬名の子供の性別、年齢、素質によっては、その子が松平を継ぐこともあり得る。

これは今川にとって絶対避けなければならないことだった。

松平元信と今川義元の姪関口瀬名との婚儀は、正月十五日の早朝から始められた。

今川義元の養女となった瀬名は、その身分に合わせて駿府館から行列を仕立てて、元信の屋敷へと進めた。

「婚姻がなるまでは、治部大輔さまの姫でござる。お出迎えなされ」

今川家の指示で元信は朝から門前でずっと瀬名を待った。

「これが力なき者の姿」

本多信俊、酒井忠次らを背後に控えさせていながら、元信は泣きたい気分であった。

「……両家の婚姻を」

今川義元、元信両方の師にあたる太原雪斎が婚姻の儀を取り仕切った。

「ものども呑《の》めや」

儀式が終われば宴席が始まる。ここから三日間、宴《うたげ》は続けられる。

「めでたやな。これで三河も今川のもの」

「三河を足場にいよいよ尾張じゃ」

宴が進み、酔うほどに今川の将たちの言動は過激なものになっていく。

「…………」

松平の将たちは、それに苦い顔はしても無言で我慢するしかなかった。

ここで辛抱を切らせれば、主君元信の慶事に傷をつけてしまう。

盃《さかずき》を傾けることもなく、本多信俊、酒井忠次らは耐えた。

「すまぬ」

ひな壇に座りながら、その様子を見せられていた元信が口のなかで詫《わ》びた。

小声を出すのもはばかられる。なにせ隣には今川の女がいるのだ。今川への批判は
もちろん、松平家中の者たちへの同情も、聞こえればまちがいなく今川義元の耳に届
く。それは本多信俊たちの、ひいては松平すべての待遇をより悪くする。

「では、そろそろ婿どのは花嫁どのと奥へ」

閨ごとを始めるようにと太原雪斎が元信と瀬名を促した。

松平元信は関口刑部少輔親永の娘瀬名の顔をようやくはっきりと見られた。

「次郎三郎元信でござる」

「瀬名でございまする」

今夜で夫婦になる男女が最初に交わした会話は互いの名乗りであった。

「これからよしなに願う」

「はい」

夫婦になっても妻のほうが格が高い。養女とはいえ、瀬名は寄親《よりおや》である今川義元の姫なのだ。寄騎《よりき》の松平家としては粗略に扱うなどは論外、敬意をもって遇しなければならない。

「……このような扱いを受けておりまする」

同じ駿府にいるのだ。瀬名が今川義元あるいは、関口親永に会うのを止められるはずもなく、そこで松平家での待遇に少しでも不満を漏らせば、今川家にまたとない口実を与えることになる。

「治部大輔さまの姫に無礼なり」

さすがに婿になる元信をどうこうするわけにはいかないが、松平家の重臣に腹を切らせるくらいはしかねない。

そのうえで詫びとして城や領地を差し出せと命じてくる可能性もある。

「不当なり」

怒ったところで戦もできないのだ。兵力が違うだけでなく、松平家の当主が人質になっている。

どれだけ無理を要求されても、松平家は呑むしかないのが現実であった。

初夜の晩でも二人きりではなかった。

本当に閨ごとをすませたのか、無体なまねをしかけなかったのかを見張るために、瀬名付きの老女が一人、寝室の片隅でじっと控えている。元信は瀬名の身体に手を伸ばすにも許可を取った。

「ご無礼を」

「……………」

無言で了承を示した瀬名を、元信は夜具の上へゆっくりと倒した。

四

今川と松平が絆を深めている間も、織田による三河侵略は着々と進んでいた。

三河を吾がものにしようとしていた猛将織田信秀はすでに亡くなっていたが、跡を継いだ上総介信長も乱世の雄としてふさわしい野望を持って、美濃と三河へ手を伸ばしていた。

三河加茂《かも》郡《ごおり》寺部《てらべ》城主鈴木《すずき》日向守重辰《しげたつ》が信長の誘いに乗って寝返った。

「元信に攻めさせよ。初陣にはちょうどよかろう」

今川義元の言葉で元信の初陣が決まった。

「鈴木ならば、敵として不足なし」

元信が勇んで引き受けた。

今回織田信長のもとへ旗を献じた三河鈴木家と松平家は因縁が深かった。

どちらももとは三河の国主とはお世辞にも言えない小領主であった。それが松平清康、重辰の祖父鈴木重時《しげとき》の出現で三河の覇権を争うことになった。

そこに織田信秀が参戦、松平も鈴木も今川へ頭《こうべ》を垂れて服属した。

ともに今川の配下となったため、松平と鈴木の争いは収まったが、一度は矛を突き合わせた両家の仲が修復されるわけではない。

当主を駿府へ差し出した松平と違い、鈴木は一門の男子を人質としただけで、当主も嫡男も自領にいる。

「三河半国をくれてやる」

信長にそそのかされた鈴木重辰は、人質を見捨てて挙兵した。

鈴木の領地は三河の東にあり、放置すれば三河の西にある岡崎が、攻めてくる織田の軍勢に挟まれてしまう。それまでに鈴木を滅しておかねば、今川の援軍は岡崎まで届かない。

「兵を整えて参りまする」

「うむ」

岡崎城へ戻り、家臣たちを率いて寺部城へ向かうと言った元信を、今川義元が認めた。

「しばし、留守いたしまする」

「ご武運を」

婚姻をなして一年と少し、初陣へ向かう元信に瀬名がかけたのは短い一言だけであった。

初陣は武将の義務であり、誉《ほま》れでもある。

そして生涯ついて回る評価の場でもあった。

「武運なき武将」

初陣で敗退すると戦下手《いくさべた》と言われ、

「見事なる武者振り」

勝てば名将の器であると讃えられる。

武将にとって初陣は、将来を左右する重大事であった。

「湯漬けは腹半分で止《や》めなされ」

「鎧《よろい》を着けたままで小便するには……」

ために、初陣では手取り足取り作法を教える老将がつくだけではなく、勝てるように手配がされる。

「城攻めはなさらずともよろしい」

岡崎の留守を預かっていた宿老の一人、大久保五郎右衛門忠俊《おおくぼごろうえもんただとし》が、元信の隣に馬を並べながら語った。

大久保忠俊は祖父清康、父広忠、そして元信の三代に仕える譜代中の譜代であり、織田信広が籠もる安祥城攻めでの活躍など戦上手で知られていた。

「では、鈴木日向守を討たぬのか」

初陣で功名を立て、名をあげたいと願っていた元信が不満そうな顔をした。

「城攻めは三倍の兵が要る難事でございまする。それだけの兵を出してしまえば、岡崎の防備はもとより、三河と尾張の国境の守りも薄くなりまする」

大久保忠俊が首を横に振った。

「織田上総介どのの狙いはそれか」

元信が苦い顔をした。

「しかし、それでは鈴木は囮《おとり》、見捨てられる生け贄になる。そうすれば二度と上総介どのの誘いに乗る者は出ぬぞ」

今川義元が寝返った鈴木を許すことはない。まちがいなく大軍を寺部城へ送りつける。

元信が上総介信長の策を悪手だと述べた。

「織田にとって鈴木などどうでもよいのでござる。これは殿への揺さぶり。勝ってみせよとの誘い」

信長と元信のかかわりを知っている大久保忠俊が告げた。

逸《はや》る気持ちを抑えられる者こそ、一流の武将たり得る。

戦場で頭に血がのぼって、状況を考えず突っこむような者は、どれだけ武勇に優れていようとも長生きはできない。衆寡敵せずは真理であり、退《ひ》きどきを誤って敵中に孤立すれば、漢《かん》の三傑たちでも討たれる。

「とりあえず、このようなところでしょう」

大久保忠俊が初陣の終わりを告げた。

「なにもしておらぬぞ」

言われた元信が唖然とした。

加茂郡寺部城に籠もる鈴木日向守重辰を攻めた松平家は、城下を焼き討ちしたあと本城を放置、支城の廣瀬《ひろせ》、挙母《ころも》、梅坪《うめつぼ》、伊保《いぼ》を攻めた。

そもそも鈴木家自体が小名でしかない。支城といっても、造りは砦《とりで》ていどでしかなく、詰める兵も合わせて数百ほどである。

今川家の兵も入れれば、数千にもなる松平軍にとってさほどの敵ではなかった。

「もう十分でございまする」

大久保忠俊が元信を諫《いさ》めた。

「寺部城を攻めれば、鈴木日向守も決死の抵抗をいたしましょう。そうなれば味方の損失は増えまする」

「だがな、これでは鈴木を残すことになる」

代々争ってきただけに、元信は鈴木を滅ぼしておきたいと考えていた。

「この戦は……」

大久保忠俊が声を潜めた。

「当家の戦ではございませぬ。たとえ寺部城を落としたとしても、我らのものにはなりませぬ」

小声で大久保忠俊が囁《ささや》いた。

「むうう」

元信がうなった。

今川から来た兵は一応松平家の手助けとされているが、元信の指図には従わない。無理をして今川の兵を減らすようなことになっては、元信の責任になりかねなかった。

「責は吾に、城は今川にか」

不本意な初陣だったが、無事に駿府へ戻った元信に今川義元は褒賞を与えた。

「初陣、見事である。さすがは吾が娘婿じゃ」

「過分なお褒めにあずかり、恐縮」

松平の当主と言わず、義元の娘婿と言われたことが不本意であった。元信は、感情を表に出さないよう返答を短くして頭を下げた。

「旧領山中《やまなか》を返す」

満足そうな義元は松平家から押収していた山中の地を褒美として返還した。

「かたじけなく」

元信は礼を言わざるを得なかった。

山中は、松平家を庇護する費えという名目で今川が取りあげた領地の一部で三百貫、六百石ほどの土地でしかない。つまり、兵を死なせ、矢玉を消費して、得たものはほとんどなかったといえた。

「今後の働きを期待しておるぞ」

松平家を戦の先鋒《せんぽう》としてすり潰すと義元は言ったに等しい。しかし、それをはねのけるだけの力を松平家は持っていない。

「ところで、子はまだできぬか」

「まだ一年と少しでございますれば」

跡継ぎを急かす義元に元信はときが足りないと反論した。

「戦場から帰ってきたときは、気が昂《たか》ぶる。今夜からは、閨がそなたの戦場じゃ」

義元がさっさと瀬名を孕《はら》ませろと命じた。

館へ凱旋《がいせん》した元信を瀬名は出迎えなかった。

「奥方さまに血腥《ちなまぐさ》い戦場の風《かざ》をお嗅《か》がせするなど論外でございまする」

瀬名付きの老女が差し止めたからであった。

「夫が無事に帰ってきたというに……」

元信は要らぬ差し出口をした老女とそれを受け入れた瀬名に腹を立てた。

「今戻りましてございまする」

かといって鎧姿で奥へ押し入り、無理矢理瀬名を抱くことはできない。元信は湯浴《ゆあ》みをして身を清めた後、瀬名のもとへ向かった。

今川家は名門である。清和源氏《せいわげんじ》の分流河内《かわち》源氏を祖とする足利将軍家の連枝吉良《きら》家の分家として代々駿河守護に任じられてきた。

「御所が絶えたならば吉良が継ぎ、吉良が絶えれば今川が継ぐ」

こう言われるだけに、その矜持《きょうじ》は高い。

さらに今川義元が家督を継ぐとき、北条氏の援助を受け、当主となった後には武田信虎《のぶとら》の娘を正室に迎えるなどして三国の絆を構築している。

長く争ってきた近隣との和睦をなした駿府は乱世とは思えぬ安全の地となった。

かといって今川が戦をしないというわけではなかった。甲斐や相模《さがみ》への侵攻ができなくなった結果、今川は西へ出ていくことになった。

しかし、西へ領土が広がるにつれ、戦場は遠江、三河へと移り、駿河国は静かになっていった。

「お出《い》でなされよ」

戦国乱世で荒廃した京で生活ができなくなった公家たちを進んで受け入れ、今川氏の本拠である駿府は東国の京《みやこ》と謳《うた》われるまでになっている。

「歌会を……」

「蹴鞠《けまり》などいたそうず」

京から公家が持ちこんだ文化が駿府には根付き始めていた。

今川義元を始めとする一門、重臣は戦へ出なくなり、遊興に淫する者が増えた。

男よりも女のほうがその傾向は強かった。殺伐とした雰囲気よりも雅《みやび》を好んだ女たちは、たちまち京様に染まった。

「猛々《たけだけ》しいのは……」

「武張るお方より風雅なお方が……」

剣呑《けんのん》な武将たちを女たちは忌避し始めた。

瀬名とその老女たちもそうであった。

「帰りましてござる」

身なりを整えて初陣の無事を報告した元信に瀬名はうなずくだけであった。

「………」

一人前の武将となった松平元信だったが、以降の出陣はほとんどなかった。

「殿の代わりに武名をあげてみせよ」

しかし、松平家の家臣たちは元信を人質に取られた形で、こき使われた。

「すまぬ」

家臣たちが今川の先手となって討ち死にしたり、傷ついたりするのを、元信はじっと我慢していた。

「いつか功績を立てて岡崎へ帰る」

元信は鈴木重辰征伐でわずかながらも旧領を返還されたことで希望を持った。

今川義元を納得させるだけの武功をあげ、一手を預けられるほどになれば、人質から解放されて三河に戻れると元信は信じていた。

「殿の代わりに人質となるお方がいなければ……」

世慣れている酒井忠次などは、元信の考えが甘いと知っていた。今川義元は元信を握ることで三河を支配しているのだ。

「なれど、当主が戻らねば、城と領地が……」

松平は今川の搾取と酷使で疲弊していた。

「お励み願うしかない」

松平の家臣たちも元信に嫡男ができることを願っていた。

「余は胤のためにあるのか」

嫡男の誕生を松平と今川の両方から強く求められた元信は忸怩《じくじ》たる思いでいた。

「松平家を祖父清康公のころに戻す。いや、祖父をこえるのが吾の役目ではなかったのか」

元信は小さく独りごちた。

されど長い人質生活が元信を用心深くさせた。不満を表に出す危険さを知っていた。

黙々と元信は瀬名のもとへ通った。

「本日より、お褥《しとね》をご遠慮くださいませ」

永禄《えいろく》元年（一五五八）夏、瀬名付きの老女が元信に閨ごとの禁止を通告した。

「お方さま、ご懐妊なされたよし」

「それは重畳《ちょうじょう》である」

子ができたと伝えられた元信は、喜びではなく安堵《あんど》を感じていた。

五

婚姻をなして二年、松平蔵人佐《くろうどのすけ》元信と今川の一族関口刑部少輔親永の娘瀬名との間に長男が生まれた。

「これで三河も安泰じゃ。よくぞ男《おのこ》を産んだ。瀬名、褒めてつかわす」

今川治部大輔義元が喜びを露《あら》わにした。

「城一つ落とすよりも手柄じゃ」

「…………」

手放しで妻瀬名を賞する今川義元を元信は冷たい目で見ていた。

「どうした、他人の出来事のような顔をしておるぞ、蔵人佐。もっと喜ばぬか」

今川義元が元信の様子を見咎《みとが》めた。

「吾が子というのが初めてなものでございますゆえ、戸惑《とまど》っておりまする」

元信がごまかした。

「そうか、そうよな。たしかに麿《まろ》も龍王丸《りゅうおうまる》ができたときはそうであったな」

龍王丸とは今川義元の嫡男上総介氏真《うじざね》のことである。今川義元が思い出したように手を打った。

「女は腹を痛めて子をなすゆえ、すぐに吾が子という想いを持つが、男はどこかしら上の空のところがある。たしかに、たしかに」

今川義元が元信の言葉を認めた。

「されどじゃ、それは男の事情でしかない。まずは讃えてやるべきぞ、妻をな。出産は女の大役じゃ。大役は大厄に通じる。まさに命をかけてそなたの子を瀬名はこの世に呼んだのじゃ。その苦労と痛みをねぎらってやるのが、夫の務めであるぞ」

「さようでございました。心いたりませず、申しわけありませぬ」

諭された元信が今川義元に謝罪した。

「麿ではない、瀬名にじゃ」

今川義元が赤子と並んで夜具に横たわっている瀬名を見た。

「気づかぬことであった。すまぬ」

「…………」

元信の詫びに瀬名はなにも返さなかった。

夫婦の間に漂う冷たい気配を無視して、今川義元が話を進めた。

「で、この童の名をどうするつもりじゃ」

今川義元が松平元信に問うた。

「当家代々の名である竹千代といたしたく存じまする」

元信が頭を下げた。

三河の国主であったとはいえ、今川の被官に落ちた松平である。嫡男の名前も自儘《じまま》にはできず、今川義元の了承を取らなければならなかった。

「ふむ。竹千代とは松平家嫡男の幼名として受け継がれてきたものじゃの。そなたもそうであった」

今川義元がわざわざ嫡男という言葉を加えた。

武家において長男はかならずしも跡継ぎではなかった。いかに早く生まれようとも生母の身分が低いと家臣たちの忠誠を得難いからであり、生母の身分が高くとも暗愚であれば、国を保てないからであった。

対して大切な跡取りは嫡男と呼ばれた。

もちろん、一度嫡男とされておきながら、いろいろな事情から跡取りから外される場合もあるが、松平にとって主君でもある今川義元が嫡男と宣した以上、元信の勝手で替えることはできなくなった。

「竹千代の。真《ま》っ直《す》ぐ伸びながら、ところどころで節度を持つ。今川の一門として龍王丸に仕える者、分を知る者としてふさわしき名じゃ。良い名である」

今川義元が竹千代と名付けることを認めた。

「畏《おそ》れ入りまする」

今川義元が松平を代々の家臣にすると宣言したに等しい。元信の父広忠が織田信秀による三河侵攻に耐えかねて、今川を頼らざるを得なかったとはわかっていても、乱世の武将として生まれた身としては、独り立ちをあきらめたわけではない。

一礼して隠した元信の顔は引きつっていた。

松平元信の正室瀬名は、今川義元の妹の娘、姪にあたる。つまり竹千代と名付けられた元信の嫡男は、今川義元の又甥《またおい》になった。

「今川の血を引く松平の跡取りの誕生である」

機嫌の良い今川義元は、竹千代に守り刀を与えた。

「つきましては一つお願いがございまする」

元信が今川義元の前に手を突いた。

「申してみよ」

「諱《いみな》を元信から元康《もとやす》へといたしたく、お許しをいただきますよう」

顎《あご》で発言を認めた今川義元に元信は改名したいと願った。

すでに内々の文書などでは、元康を使い始めていた元信だったが、正式に名乗りを変えたいと考えたのだ。

「元信から元康……なぜじゃ」

理由なく名前を変える者はいない。武士の名前にはいろいろな意味が含まれる。

「祖父清康にあやかりたく」

元信が答えた。

「清康のう……」

今川義元が首をかしげた。

元信の祖父清康は、松平家一代の英傑であった。武将としての器量に欠け、危うく今川義元の父氏親《うじちか》の三河侵食を受けそうになった曽祖父信忠《のぶただ》が一門の総意で隠居となった後をわずか十三歳で受け継ぎ、初陣をなすや武功を上げ続け、ついには三河を統一した。

さらに尾張へ手を出そうとしたところを家臣の裏切りに遭って斬り殺されてしまったが、清康の名前は三河では未だ大きな意味を持っている。その名前の一字を元信は取り入れたいと今川義元に願い出たのであった。

「……ふむ。よかろう。そなたが清康に倣い、武功を上げれば竹千代の未来も安泰になる」

少し考えて今川義元が許可した。

「かたじけのうございまする」

元信は正式に元康となった。

松平元康と名乗りを変えたが、とりまく環境にはなんの変化もなかった。

初陣の後、元康は戦場へ出されることもなく、駿府に縛りつけられたままであった。

「先祖の祀《まつ》りをおこないたく、岡崎への帰参をお許しくださいますよう」

「岡崎へ行くことは許すが、城への滞在は認めず」

元康の三河入りを今川は徹底して警戒した。

「情けない主である」

松平の本拠である岡崎へ戻っても、元康は岡崎城の本丸には入れない。城は今川家から出されている城代の支配下にあり、元康が家臣たちの目通りを受けるのは二の丸になる。

「誰が城主かを見せつけているつもりか」

物心ついてすぐに岡崎を離れ、人質生活を送らされている元康である。父祖の地だからといって焼けつくような望郷の念はないが、それでも他人に大きな顔をされていい気はしない。

「いつか……」

岡崎城の本丸を見ながら元康が拳を握りしめた。

「殿」

他人目《ひとめ》を避けるようにして、鳥居彦右衛門尉元忠《とりいひこうえもんのじょうもとただ》が近づいた。

鳥居元忠は元康の初陣である寺部城の鈴木重辰攻めにも同行している。元忠は元康の三つ歳上となるが、忠勇ともに兼ね備えた信頼厚い部将であった。

「いつでも岡崎へお帰りあれ。我ら二戦や三戦くらいならばしてのけるだけの備蓄をしておりまする」

いつ今川家と決別しても大丈夫なように準備はしていると鳥居元忠が告げた。

「勝てるか」

「…………」

元康の問いに鳥居元忠が黙った。

「無駄死にをさせる気はない」

小さく元康は首を横に振った。

屈辱の墓参を終えて駿府に戻った元康を待っていたのは、正室瀬名付きの老女であった。

「月のものが終わられたよし。今宵《こよい》より通われますよう」

館に帰った元康をねぎらうことなく瀬名付きの老女が用件を伝え、さっさと奥へと引っこんだ。

「もうか」

元康は目を剝《む》いた。

嫡男竹千代が生まれたのは、今年の三月六日である。

父広忠の命日が同じ三月六日というのも奇しきことだが、その十年の忌日をすませるために元康は岡崎へ行ったばかりで、季節はまだ秋に入《く》ってもいない。

「続けて産みたいというか。あれほど疲れ果てていたのに」

元康は驚いていた。

竹千代が生まれたと聞いて、産屋《うぶや》を訪れた元康は、瀬名の様相に息を吞んだ。衆に優れた容色の片鱗はあったが、瀬名の目はくぼみ、髪は乱れ、唇は荒れ果てていた。

まさに命を削っての行為だと元康は怖れ、感心した。

「吾ならば二度と御免だ」

跡継ぎを作るのは戦国大名の責務であった。主君がいてこそ、家臣たちは領地を与えられ、その庇護を受けられる。その主君に跡継ぎがなく、一代で絶えるとわかっていれば、誰も忠誠を誓ってはくれない。忠誠は家臣の子孫を守《も》りたてるという約束を対価としている。

元康もそこはわかっていた。広忠が死んで、岡崎城が空き館となったにもかかわらず、松平家がなくならなかったのも、家臣たちが今川や織田へ旗を変えずにいたのも、元康がいたからである。

元康が当主として松平の家督を継いだから、家臣たちも我慢した。それをわかっていればこそ元康は瀬名との婚姻も受けたし、閨ごとにも励んだ。結果、竹千代が生まれ、松平は次代も続く。

「もう辛《つら》い思いをせずともよいのに」

元康は瀬名を、女を怖れた。

六

松平元康は疲労を理由にして、瀬名の閨を訪れなかった。

「お方さまのお誘いを軽くお考えではございませぬか」

直接元康に苦情を言える身分ではない瀬名付きの侍女が、酒井忠次を呼び出した。

「ご意見つかまつる」

侍女とはいえ、今川から来たものであり、酒井忠次よりも立場は強い。酒井忠次は侍女の求めに応じて、元康の前に腰を下ろした。

「そなたも通えと申すのか」

酒井忠次の用件を聞いた元康が、頬をゆがめた。

「お願いをいたしまする」

酒井忠次が低頭した。

「竹千代がおるだろう」

元康は嫌そうな顔をした。

「お方さまも怖れておられるのでございまする」

「なにを怖れるというか」

酒井忠次の言葉に、元康が怪訝《けげん》な顔をした。

「殿が他の女に手出しをなさらぬかと、お方さまは危惧なさっておられまする」

「瀬名以外の女を余が抱くと」

元康が酒井忠次の危惧に唖然とした。

「この駿府で、余が手を出せる女がおるものか」

元康があきれた。

今川氏の城下町である駿府は、東海一の都市であった。人の行き来も途絶えることなく、京の都との交流も深い。今川家に随臣する武士の屋敷に、物成りのよい駿府を拠点とする商家も軒を並べる。

当然、女も多い。なかには元康の心を浪立《なみだ》たせる優れた容姿の女もいた。

「今川に飼われている余のもとへ来る女はおらぬ。命をかけることになるのだぞ」

元康がため息を吐《つ》いた。

松平を血でも乗っ取ろうと今川義元は瀬名を元康の妻に寄こしたのだ。瀬名以外の女が元康の子を産むことを許すはずはなかった。元康にとって瀬名だけが女であった。その女を元康は怖れた。

しかし、今川義元の気分を害すのはよろしくない。

松平元康は、酒井忠次の諫言《かんげん》を受け入れて、瀬名のもとへ通うようにした。

「他の女に手出しする精力を残さぬ気か。できぬとわかっておろうに」

元康の苦笑を撥《は》ねのけるように、瀬名がふたたび妊娠した。

「今度も男であればよいの」

報せに今川義元が次男の誕生を期待した。

跡継ぎが一人だけでは、いつなにがあるかわからないのだ。病や事故などで子供はあっさり死ぬ。家の存続を考えれば、男子は多いほうがいい。また、武家にとって嫡男以外の男子は信頼できる一門としての価値もある。

「もめごとのもとにならねばいいが」

元康は素直に喜べなかった。

己が一人息子であったことで父広忠の死後、家督相続に問題はなかった。もし、元康の他に弟でもあり、それが岡崎に在していたら、人質として尾張に奪われていた元康を松平も今川も、無理をしてまで奪い返そうとはしなかっただろう。いや、後々面倒になると殺されかねなかったのだ。

「今川を見ればわかる」

元康は首を左右に振った。

今でこそ海道一の弓取りと謳われる今川義元は嫡男でさえなかった。

今川氏親の五男であった義元は、当初家督争いを避けるため、四歳で仏門へ入れられた。

京の妙心寺《みょうしんじ》で修行し、学僧として期待された今川義元が長兄の求めに応じて駿府へ帰った途端、長兄、次兄が同日に急死するという異常事態が今川家を襲った。

「還俗《げんぞく》して今川を継がれよ」

父今川氏親の正室寿桂尼《じゅけいに》の子であったことから、庶子である三兄、四兄を押しのけて家督相続をした今川義元だったが、ことはすんなりとはいかなかった。

三兄を推す国人《こくじん》領主が現れ、家中が二つに割れる騒動となった。なんとか勝利したとはいえ、義元が家を掌握したとき、今川家はぼろぼろの状態で、復興するためにかなり苦労してきていた。

松平元康の苦悩をよそに、永禄二年は終わり、三年の春が来た。

「織田のやりよう、目に余る」

今川義元が織田信長を討つと宣した。

もともと今川家と織田家は争っていた。その間にあった松平家は両家によって翻弄され続けてきた。

それでも松平長親《ながちか》、清康と傑物が続いたことで三河一国を統一、お陰で今川、織田両家の争いが抑止された。

しかし、清康、広忠と当主の早世が続いたことで松平家は力を失い、今川に吸収されてしまった。これによって今川と織田がふたたび直接対決することになった。

「これ以上、今川を大きくすることは認められぬ」

今川義元の武力を怖れた織田信長は、松平家と一時は縁を結んでいた知多《ちた》の領主水野下野守《しもつけのかみ》信元《のぶもと》を強力に支援、三河に打ちこまれた楔を保持してきた。

もちろん、今川義元も座視してきたわけではなかった。三河から尾張へいたる海運を扼《やく》する知多半島を領有すれば、伊勢《いせ》湾における交易の利を手にすることになる。その莫大な金額が織田家の隆盛を支えている現状を今川義元は我慢できなかった。

「手を貸してくれる」

水野家と領地を接する松平家を助けるという名目で、今川義元は何度も兵を興し、水野、織田に属する諸城を攻めた。

松平の家臣を先兵とし、すり潰さんばかりに酷使した戦いは今川義元の有利に働き、ついには水野信元の居城緒川《おがわ》城まで迫った。

「下野守を見殺しにはできぬ」

水野が滅べば、次は織田になる。

織田信長は全兵力を出して、水野信元のもとに駆けつけ、今川の軍勢を蹴散らし、奪われていた領地を回復させた。さらに今川方の諸城を攻めるための砦を次々と構築、圧力をかけてきた。これに今川義元が怒った。

戦には名分が要る。

「京へ上《のぼ》り、足利将軍家を助ける」

今川義元は織田家を攻めるとは言わず、零落激しい室町《むろまち》幕府を再興するとした。武家の棟梁《とうりょう》である将軍を助けるのは正義である。その正義をおこなおうとしている今川義元を遮る者は悪となる。

こうすることで今川義元は織田信長を討つ正当な理由を手にした。

それだけではなかった。今は同盟を結んでいるとはいえ、甲斐の武田、相模の北条のどちらも信用できないのだ。

さすがに今川家の全軍を出すわけではないが、当主の義元を始め、名だたる部将を連れての行軍となれば、本拠地駿府の守りはもとより、国境の兵力は薄くなる。戦国乱世で隣国が弱っている状況を見逃すようでは、とても生き延びてはいけない。

好機とばかりに武田信玄が、北条氏政《うじまさ》が、一寸《ちょっと》でも土地を奪おうとしてくるおそれは大きい。それを抑えるにも名分は必須であった。

「将軍を助けるために上洛《じょうらく》する今川の留守を狙うなど、幕府への謀叛と同じである。征伐いたせ」

足利将軍家からこう言われれば、近隣の大名が敵になり、すでに両家と敵対している上杉《うえすぎ》などは大喜びで軍を出す。どころか、家中からも裏切る者が出かねない。

今川義元は大義名分を公表するなり、織田家へ使者を出した。

「当家の先鋒となり、将軍家への忠誠をあきらかにせよ」

要は降伏して、今川の配下になれと言ったのだ。

「…………」

拒否は将軍への無礼になる。織田信長はこれを黙殺した。

今川家に降伏したら、生き延びることはできるだろうが、未来《さき》はない。

織田家が握っている伊勢湾の海運は奪われ、領地からの年貢も持っていかれる。その見本ともいうべき松平がすぐ隣にあるのだ。

織田信長が決戦を選ぶのは当然であった。

踏むべき手順をすませた今川義元は、家中の主だった部将を駿府へ集めた。

「軍議を開く」

今川義元が上座から諸将を見下ろした。

「この戦にて織田を滅ぼす。信長の首見るまで矛は納めぬ」

吾が子今川氏真と織田信長はどちらも上総介と称している。今川義元は織田信長のそれを僭称として認めていなかった。

「上総介、留守を預ける。油断なく甲斐と相模を見張れ」

「お任せあれ」

まず嫡男の配置を今川義元が決めた。

「蔵人佐」

「はっ」

続けて松平元康の名前が呼ばれた。

「大高城《おおだか》の救援をいたせ」

「承知」

元康が指示を受けた。

大高城は三河と尾張の国境に建つ今川方の城である。もとは織田家の三河攻略の基点であったが、近接していた鳴海城主山口教継《やまぐちのりつぐ》の寝返りで落城、今川方のものとなっていた。

現在は今川義元の甥鵜殿長門守長照《うどのながとのかみながてる》が城代を務めているが、織田信長が建てた砦群によって出入りを封じられ、兵糧にも事欠いていた。

「働き次第では、そなたの岡崎入りを許してやってもよい」

「かたじけなき仰せでございまする。命を賭して果たしてみせましょうぞ」

岡崎を返すとの褒美をちらつかされた元康が勢いこんだ。

「右衛門佐《うえもんのすけ》。麿が本陣の露払いをなせ」

「承って候」

今川義元の妹婿として信頼されている瀬名右衛門佐氏俊《うじとし》が本陣警固に指名された。

「……以上である。一同、励め」

すべての陣立てを告げた今川義元が家臣たちを鼓舞した。

大軍が出る。

駿府の町は隊列を組んで進発する軍勢と、見送りをする家族や物見高い者たちで溢《あふ》れ返らんばかりであった。

「輿《こし》をあげよ」

今川治部大輔義元の指図で八人の陸尺《ろくしゃく》が輿を肩に担ぎあげた。

「…………」

全体を見渡せる高さになった今川義元が、無言でうなずいた。

「先陣を出せ」

松井五郎八郎宗信《ごろうはちろうむねのぶ》が、先鋒への合図を送った。粉骨無比類と家中で讃えられる松井宗信は今川義元への忠誠も厚く、今回は本陣の先頭を任されていた。

「井伊《いい》信濃守どの、つつがなく出られましてございまする」

「松平蔵人佐どの、続かれましてございまする」

次々と軍勢進発の報が今川義元のもとへともたらされた。

「お館さま、見送りの者どもにお言葉を」

松井宗信が今川義元の顔を見た。

「ものども、凱旋を待て」

輿の上で今川義元が軍扇を振った。

第二章　苦難の舟出

一

松平元康は騎乗の人となりながら、背後に響く歓声を冷えた気持ちで聞いていた。

「殿、お顔を」

側近くにいた本多信俊が、元康に注意を促した。

「戦場を思っての緊張じゃ」

「苦虫を嚙み潰したようなお顔をそうは申しませぬ」

元康の言いわけを本多信俊が、一蹴した。

「後ろの輿からは見えまい」

「軍監がおりまする」

反論した元康に、本多信俊が最後尾についてくる今川方の部将を目で指した。

松平元康は今川義元の義理婿とはいえ、降将でしかない。譜代ではなく、新参、いや松平家が従属するまでの経緯を考えると外様《とざま》に近い。当然、今川家中での信用は薄く、松平家はいつ裏切るかと疑われている。瀬名を娶り、竹千代を儲《もう》けたことで、少しはましになったが、それでも元康以下松平の将兵たちの動きを見張る者が軍監としてつけられていた。

「吾をなんだと思っておるのだ。つごうのよいときだけ婿扱い、それ以外は属将どころか、未だに人質扱いのまま。もし、戦いで討ち死にしてみろ、すぐにでも松平の簒奪が始まるぞ」

「お腹立ちはごもっともながら、今はご辛抱くださいませ」

本多信俊が元康を宥めた。

「わかっておるわ。今の松平に今川から離れるだけの力はないとな」

元康が不満を続けた。

「きさまらにとって、松平の血筋であれば、竹千代でもよいのだろうが……」

「殿。それ以上は聞き捨てならなくなりますぞ」

家臣も信用できぬと言いかけた元康を、本多信俊が諫めた。

「………」

元康が黙った。

「戸田のことがお忘れになれないのでございましょうが、我らは違いまする。松平家への忠誠は持っておりますが、忠義は殿に捧《ささ》げておりまする」

本多信俊が、心外だと反論した。

今川へ差し出される予定だった元康を、一族で家臣の戸田康光が織田へと売り渡した。信じていた者に裏切られるという経験を、わずか六歳でした元康が人を素直に信じられなくなったのも当然であった。

「そなたは信じておるが……あやつはどうであろうの」

元康が軍監の隣で馬を並べている酒井忠次を見た。

酒井は松平でも格別な扱いを受けていた。

松平家と酒井家は、ともにその祖を世良田《せらだ》次郎三郎としている。

河内源氏の出だとされている世良田次郎三郎は、新田義貞《にったよしさだ》に仕え上野国新田郷世良田に本貫《ほんがん》を与えられていた。だが、新田義貞が南朝方となったことで没落、世良田氏も落魄《らくはく》し、本貫地を失って三河へと流れてきた。

栄華を極めた平氏が源頼朝《みなもとのよりとも》によって西海に沈んだように、名族が没落して流れることはままある。地方の豪族などは、そういった名家の末裔《まつえい》を婿として受け入れ、血筋を高めていた。

「当家は源氏の流れを汲む……」

都から遠いところほど、貴種を尊ぶ。

世良田次郎三郎も三河の小豪族であった酒井家へ婿として迎え入れられた。

新田源氏の家柄を旗印にすれば、高貴な血筋に弱い三河の小豪族たちは頭を垂れる。京の都を一度も見たことさえない小豪族にとって源氏は雲の上の名門であった。

「当家にも高貴な血を」

そのなかに松平家の先祖もいた。酒井家の隆盛をうらやんだ松平家は、世良田次郎三郎を酒井家から奪い取る形で、婿養子として迎えた。

その末裔が元康であり、酒井忠次であった。

栄枯盛衰があり、同格だった酒井家は松平の家臣となったが、祖を同じくするということで一門の扱いを受けていた。いや、酒井家のなかには、後から世良田次郎三郎の血を受けた松平家よりもこちらが兄だという自負がある。

もちろん、今では松平と酒井の差は歴然としてあり、下克上できる状況にないが、今川家の対応次第ではどうなるかわからなかった。

「蔵人佐は惜しいことであった。幼い竹千代では三河を抑えられまい。しばし、そなたが代官を務めよ」

己を死地へ追いやり、酒井忠次に三河を預けるかも知れないとの危惧を元康は拭えなかった。

難しい顔をしている元康を本多信俊が、じっと見つめていた。

「殿よ。今は、余計なことを考えているときではございませぬ。この度の戦いは今までは違いまする」

本多信俊が、元康を諫めた。

「織田を滅ぼし、今川さまが尾張を手に入れられたならば、岡崎城を返していただくことも夢ではございませぬ。そのためには粉骨砕身いたさねばなりませぬ」

「わかっておる」

「いいえ、おわかりではございませぬ」

不服そうに認めた元康を、本多信俊が否定した。

「此度の戦、織田も必死になりましょう。大高城救援、寺部城攻めと同じようにお考えならば、死にますぞ」

幼きときからずっと元康に従ってきた本多信俊は遠慮なく指摘した。

「寺部城攻めは、お膳立てされた初陣で、殿が槍を振るわれる機会はなく終わりました」

元康の初陣は今川義元の采配のもとでおこなわれた。そこで元康が討ち取られでもしたら、今川義元の恥になる。

「今回のお役目はそう簡単なものではございませぬぞ」

本多信俊が続けた。

大高城救援は、今回の今川家西上策の重要な役割として元康に命じられたもので、鵜殿長門守長照が籠もる尾張大高城へ兵糧を運び入れるというものであった。

大高城は今川家が尾張へ打ちこんだ楔だったが、その周囲を織田方の砦に囲まれており、兵糧の欠乏を来《きた》していた。

「吾が甥を見捨てるわけにはいかぬ」

城主が義元に近い一門であるだけでなく、信長の喉元に擬した刃《やいば》ともいえる大高城は、今川家にとって重要な拠点であった。

大高城を失えば、尾張への侵入口を失うだけでなく、今回の決戦における本陣をかなり下げなければならず、不利な戦いになる。

「三河の武士《もののふ》どもの働き、しっかりと見せてみよ」

今川義元の命《めい》を松平元康は他人事《ひとごと》のように聞いた。

松平家の家中と元康との縁は薄い。それこそ、ほとんどの家臣を元康は見たことさえない。駿府に囚われているに等しい元康は、ついてきたわずかな供としか会話をしたことがなく、こうやって家中の者を集めたところで、誰が誰だかわからないのだ。

もちろん、家臣たちも同じである。共に轡《くつわ》を並べた経験も少なく、どのような考え方をしているかさえわからない元康に、生死を預けなければならない。

共に相手のことがわかっていない状況での戦いに期待することはできなかった。

そもそも今川家の仕打ちに松平の家中は憤っている。年貢を持ち去り、家中の者を肉の盾代わりに酷使する。

　当たり前だが松平勢の意気など端から低い。そんな軍勢を引き連れて、戦いに出向く。

　元康の気分も沈んでいた。

「どうするかの」

　かといって、負けていい戦いなどない。わざと負けた振りをして、敵を陣中深く引きずりこみ、包囲殲滅《せんめつ》するというなら別だが、そうでなければ、負けは大損であった。

　勝とうが負けようが、戦はものを消費する。

　矢玉はもとより、兵糧の手当は難しい。これが秋口から冬前ならば、前年の年貢が蔵に積みあげられているので、米も金も不足しない。とはいえ、それでも戦で消費するこれらの費用は大きい。

　戦に勝ったならば、相手から賠償金や領地、利権などを奪い取れる。それで戦費を賄い、手柄を立てた家臣に加増を考える。

　なにかしらの保障が約束されない限り、手伝い戦は利が薄かった。

　今川の属将、いや、家臣に近い松平家への褒賞は岡崎へ入れるという口約束だけである。それに命をかける気にはなれなかった。

二

五月十二日に駿府を発《た》った今川軍は、遠江田中《たなか》城の手前、掛川《かけがわ》城、曳馬《ひくま》城、吉田《よしだ》城、岡崎城、池鯉鮒《ちりゅう》城を経て、十八日、尾張の東端沓掛《くつかけ》城へと入った。

十七日の池鯉鮒城から沓掛城までのわずか三里（約十二キロメートル）に一日かけたことからもわかるように、早さよりも重厚さを重んじる行軍で、三河から尾張にかけて散在している国人領主たちに今川家の威風を見せつけた。

「治部大輔さまに忠誠を」

号して四万、実勢二万五千という大軍は、三河や尾張でそうそう見られるものではなく、その武威に怖れをなした国人領主や土豪が討伐される前に急いで臣従を申し出てきた。

「表裏なく働け。されば報いてくれる」

せいぜい五十人から百人出せるかどうかという小身者ばかりだが、集まれば馬鹿にできない。

今川義元は、それらすべてに目通りを許し、行軍に加えるか、領地へ帰り安定に尽くすようにと指図を出す。

「ご武運をお祈りいたしておりまする」

また、占領したての土地に在する百姓たちが新領主となった今川義元の機嫌を伺いに来た。領主が代わると年貢や負役が変わる。今までよりも悪くならないよう、貢ぎ物を持って挨拶にやってくる。

「今年の年貢は半減してくれる。来年から励め」

不満を持たれて一揆など起こされては面倒になる。今川義元はこれらにも鷹揚《おうよう》に対応した。

今川家の領地を出たところから、これらが引きも切らず、今川義元は何度も行く足を止めなければならなかった。お陰で行軍は遅々として進まず、織田信長との決戦の場まで六日かかってしまったのだ。

「諸将を集めよ。軍議を開く」

三河と尾張の境に近い沓掛城へ入った今川義元は、松平元康を始めとする部将たちに参集を命じた。

沓掛城は近藤《こんどう》家の居城として、長い歴史を誇っていた。

近藤家は後醍醐《ごだいご》天皇の南朝に仕えた、地の名門であった。それでも乱世の勢いには逆らえず、九代目となる近藤九十郎景春《くじゅうろうかげはる》は松平広忠に属したり、織田信秀についたりしていた。

その近藤景春は、やはり織田に属していた鳴海城主山口左馬助《さまのすけ》教継と語らって、信秀の死後今川へと寝返っていた。

とはいえ、山口教継が織田信長へふたたび通じているとの疑いをかけられて切腹させられたこともあり、近藤景春は要害でもある本城沓掛城を今川義元の妹婿浅井小四《こし》郎政敏《ろうまさとし》に明け渡し、支城高圃《たかほ》城へと移ることで保身をはかっていた。

「小四郎、預ける」

今川義元が軍議の進行を浅井政敏に任せた。

「承って候」

浅井政敏が受けた。

今川義元の小姓を皮切りに出世してきた浅井政敏は、妹を妻としてもらえるほど信頼をされていた。

「御一同、いよいよ織田の存念を問うところまで参りましてございまする」

浅井政敏が軍議を開始した。

「織田へ出しておりまする勧告への返答はございませぬ。つきましては、織田を誅《ちゅう》することといたしまする」

「うむ」

ちらと見た浅井政敏に今川義元が小さくうなずいた。

「ただ今より戦の用意をおさおさ怠りないように」

諸将へ注意を促して、浅井政敏が実際の配置を発表した。

「瀬名右衛門佐どの。本陣に先だち、大高城までの経路を確保されたし」

「承ってござる」

五千の兵をもって駿府より本陣の前を進んできた瀬名氏俊が、今までどおり本陣の露払いを命じられた。

次々と役目が決まっていくなか、ついに松平元康の番が来た。

「松平蔵人佐どの、瀬名どのに先んじて大高城への兵糧入れをなされよ」

浅井政敏の口から元康の為すべき役目が告げられた。

「兵糧の搬入にございまするや」

元康が確認をした。

「さよう。大高城は織田が築いた鷲津《わしづ》、丸根《まるね》の砦に出入りを封じられ、兵糧の不足を来しおるよし。貴殿はそれを破って城へ兵糧を入れ、守将の鵜殿長門守どのへ届けよ」

「…………」

すでに元康の軍勢に兵糧を積んだ荷車が同行している。なにをするかはわかっているが、それを諸将の前で遣り取りし、誰がなにをするかを確認するのも軍議の役割であった。

「承って……」

「なお、その後……」

返答をしようとした元康に浅井政敏の言葉が重なった。

「大高城の守将を鵜殿長門守どのと交代、城を守れ」

「えっ……」

思わず元康が啞然とした。

「蔵人佐どの、お答えはいかがなされた」

「大高城に入れと」

急かした浅井政敏に元康が確かめようとした。

「お館さまのご下知でござる」

拒否は許されないと浅井政敏が釘《くぎ》を刺した。

「従いまする」

諸将が元康を見つめている。ここで文句を言うわけにはいかなかった。属将に命《めい》を拒まれたとあっては今川義元の沽券《こけん》にかかわる。それは松平家への風当たりになる。

元康は受け入れるしかなかった。

「手柄を立てさせぬ気か」

元康が口のなかで吐き捨てた。

今回の戦は、今川と織田の決戦である。元康はその場への参加を認められなかった。

武士は戦いで勝って、敵の首を獲ることで土地を得てきた。まさに一所懸命こそ武士の本質であった。

松平元康は、今、今川家の庇護下にあるため、先祖が営々と築いてきた領地と城を奪われたに等しい状況である。

だが、それはやむを得ないことであった。

松平家は英邁《えいまい》な当主清康を内紛で失って、力を落としており、隣国の野望溢れる織田信秀の圧迫にさらされていた。ここで独力での対処を選べば、松平という家は滅びるか、織田の一部将として使い潰されるかしかなかった。

生き残るために今川家へ当主の嫡男を差し出した松平家だったが、不幸は続いた。清康の跡継ぎで元康の父広忠が若死にしてしまったのだ。

「幼き竹千代では国を維持できまい」

今川家は松平家を守るためという大義名分を表にして、その城、領地を支配下に入れた。

「竹千代が無事に成人したら返す」

当初の口約束など、この乱世で守られるはずもなく、未だ元康は岡崎城の本丸へ足を踏み入れることもできていない。

ただ、そんな状況に一筋の光が差した。

織田に通じて叛乱を起こした寺部城の鈴木氏の討伐で初陣を迎えた元康に、松平家の所領山中が褒賞として返還された。

「今川のもとで手柄を立てれば、いずれは領地と城が返ってくる」

松平に属する者すべてがそう信じて、戦に励んだ。

そこに今回の織田信長討伐がおこなわれることになった。

尾張一国と伊勢湾の通運を手にするための戦いで勝てば、今川家に膨大な土地と富が入る。その戦いで元康が手柄を立てれば、小競り合いに近かった寺部城攻めとは大いなる差のある褒賞をもらえる。

さすがにすべての領土をとは思っていないが、それでも居城とその周辺くらいは返してもらえる。その思いが崩れた。

武士はご恩と奉公で成り立っている。

主君から土地を与えられる代わりに、家臣は命をかけて戦う。

つまり、三河の地の返還が棚上げされた松平元康に従っていても土地は取り戻せない。

「吾から家臣どもの心を離すつもりだな。竹千代の元服にあわせて岡崎城を返すつもりか」

元康は疑心暗鬼に陥った。

「家臣どもの忠誠を吾から引き剝がし、竹千代に向かわせる」

嫡男の竹千代はまだ二歳の幼児でしかないが、今川義元と元康の血を引いている。三河松平家の当主として、正統であった。

乱世で求められるのは生き残れる武将であり、勝って領地を増やせる大名なのだ。

「…………」

元康は自陣へ戻っても苦い顔をしたままであった。

「御大将、いかがなされました」

一手の大将を任されている酒井忠次が元康の様子に怪訝な顔をした。

「本陣の先駆けとして、大高城への兵糧入れを命じられた」

「大高城へ兵糧を」

聞いた酒井忠次が難しい顔をした。

大高城はもともと織田方の城だったのを今川方が計略で奪ったもので、かなり尾張に深く入りこんでいる。ここがあるかないかで今川の尾張戦略が変わるほどの要衝であった。

当然、織田としては大高城を取り返したいが、まだ信長の力は尾張半国ていどでしかなく、とても手出しできる状態にはなかった。かといって放置していては、大高城を足がかりにして今川の支配が尾張に広がる。

信長は大高城の東側に鷲津、丸根と二つの砦を造り、今川本国との連携を閉ざして孤立させるようにした。

「兵糧を持ちこもうとするには、鷲津、丸根の間を抜けなければなりませぬ。二つの砦はわずかしか離れておらず、挟み撃ちを受ければ大きな被害が出ますな」

酒井忠次がうなった。

自陣へ戻った松平元康は、家臣たちを集めて軍議に入った。

「大高城へ兵糧を入れる。これが主である。当然、その邪魔になる丸根砦の排除もだ」

元康が述べた。

「鷲津の砦はいかがなさいますや。丸根砦を落とせたならば、放置でも兵糧は入れられまするが」

本多信俊が問うた。

鷲津砦と丸根砦は、およそ十丁（約一キロメートル）弱の間隔で建てられている。たしかに本多信俊の言うとおり、どちらかを落とすだけで、大高城への道は開く。

「いや、それはよろしくなかろう。片方を落としきる前に、もう一方から背後を突かれてはまずい」

三河安祥城攻めで功績を立てるなど、戦巧者《いくさこうじゃ》として知られた本多忠真《ただざね》が懸念を表した。

「それについては問題ない」

元康が手を振った。

「鷲津砦には朝比奈備中守どのが向かわれる」

「備中守さまが。ならば鷲津のことは考えずともよろしかろうぞ」

酒井忠次が安堵した。

朝比奈備中守泰朝《やすとも》は、今川義元の信頼厚かった朝比奈泰能の嫡男である。勇猛果敢でならした父に劣らぬ戦達者《いくさだっしゃ》であるだけでなく、和歌にも精通する、まさに花も実もある武将であった。

「となれば、我らが見なければならぬのは、丸根砦だけ……」

本多信俊が確認した。

「そうじゃ。ただし、丸根砦を攻略するよりも、大高城へ兵糧を入れることが優先じゃ」

目的をまちがえてはならぬと元康が釘を刺した。

「ですが、丸根砦をどうにかせねば、大高へ近づくことは難しゅうございますぞ。我らは兵糧の荷駄《にだ》を含めて千と二百しかおりませぬ」

本多忠真が懸念を表した。

松平家の動員兵力は二千ほどに減っていた。かつて三河一国を支配していたとは思えない貧弱なものであった。

これは松平が今川に膝を屈したことで、傘下に与《くみ》していた土豪や国人領主が離れてしまったからであった。

「丸根砦に籠もる兵はいかほどか」

松平元康が訊いた。

「織田の部将佐久間大学《さくまだいがく》どのを守将として、およそ二百」

本多信俊が答えた。

「二百か……こちらが戦えるのは荷駄とその警固を除けば、八百足らず」

「大高城への兵糧をなんとしてでも守らねばならぬ」

苦々しい顔で元康が嘆息した。

今川義元から命じられたのは、大高城の救援であり、丸根砦の攻略ではない。

丸根砦を落としたとしても、今川義元の本陣が来るまでに大高城へ兵糧を入れられなければ、元康は咎めを受けかねなかった。

「鷲津砦を無視できるのはありがたいが……」

本多忠真が悩んだ。

「丸根砦の状況は」

元康が問うた。

「南北に十五間（約二十七メートル）、東西に二十間（約三十六メートル）、丘の上に建ち、二間（約三・六メートル）幅の空堀に囲まれておりまする」

本多信俊が述べた。

「人数差は四倍か。落とすことはできようが手間がかかりそうだな」

城攻め、砦攻めには守勢の三倍の兵力が要るといわれている。松平は四倍の兵力で丸根砦を襲えるため、まちがいなく陥落させられるだろうが、ちょっとした支城ほどの設備を誇るだけにどれほどの手間がかかるかはわからない。もし、その戦いの最中に兵糧に火でも放たれては大事である。

「本陣は沓掛城にあり、大高城まで二里（約八キロメートル）。昼過ぎには到着する」

元康がときが足りぬと首を横に振った。

今川義元が大高城に着くまでに兵糧を入れ、守将の鵜殿長照と交代をすませておかなければならない。まさに時間との闘いであった。

「籠もっている連中の相手はしておられぬ」

松平元康が砦攻めを主眼とはしないと決めた。

元康は今までの経験から、今川義元がなにを考えているかを見抜くように熟考する癖をつけていた。

「我らに求められているのは、鵜殿長門守どのとの交代である」

鵜殿長門守長照は、浅井政敏と同じく今川義元の一門であり、朝比奈泰朝以上に信頼を置かれている部将である。尾張の織田家を滅ぼすつもりの今川義元としては、戦場で安心して背中を預けられる。

対して元康は義理の娘婿ではあるが、人質として膝下《しっか》に縛りつけているうえに領国を好き放題に搾取しているのだ。恨まれる覚えはあっても、忠誠を捧げてもらえるはずはない。

それこそ織田信長との決戦の最中に裏切られたら、勝っていた戦もひっくり返る。

織田信長が動員できるのは、最大で六千ていどと見られている。そのうち丸根、鷲津、善照寺《ぜんしょうじ》などの砦に千ほどは割かなければならず、実質決戦に使えるのは五千ほどだと考えられていた。

今川の二万五千に比して、五千では勝負にならないが、もし両軍がぶつかり合っている最中に、松平勢が寝返れば勝敗はわからなくなる。たかが千余りとはいえ、味方だった者がいきなり敵になっては、混乱する。そして、混乱は数が多いほど大きくなり、伝播《でんぱ》していく。

大軍ほど一度崩れると収拾がつかなくなった。

莫大な戦費を遣って、準備に数年をかけたものが無駄になっては、今川義元もかなわない。

尾張深くに喰いこんでの決戦に、信用の置けない松平勢は不要と考えた今川義元の策が、元康の大高城入りであった。

三

今川義元が来る前にすべてを整えておかなければならない松平勢は、五月十九日の夜明け前に沓掛城近くの陣を引き払い、大高城へと向かった。

「先鋒は丸根砦を包囲し、敵を出すな」

松平元康は自軍を二つに分けた。荷駄を含まない軍勢六百に丸根砦を封鎖させ、その隙に兵糧を積んだ荷駄を守りつつ大高城へと進ませる。

「本多平八郎、そなたに百の兵を預ける。急いで鷲津砦へ行け。朝比奈備中守どのと合わせよ」

「承った」

今年で十三歳になる若き部将本多平八郎忠勝が勇んだ。

「気をつけてやれ、忠真」

「わかっておりまする」

元康は本多忠勝の叔父《おじ》にあたる本多忠真を後見につけた。

「鷲津砦を襲うと見せかけて、丸根砦の兵を釣り出す。派手に動け。その隙に大高へ兵糧を運びこむ」

元康は事情を語り、戦慣れしている本多忠真に策を託した。

「走れ」

本多忠真の合図で百の兵が駆け出した。

「我らも行くぞ」

残った兵を元康が率いた。

丸根砦の守将・佐久間大学盛重《もりしげ》は、払暁のなか砦の麓を走る街道を南から北へと動くものに気づいた。

「お味方が来るとの話は聞いておらぬ」

佐久間大学がより目をこらした。

「……よく見えぬ。誰ぞ、目のよい者をこれへ」

物見を佐久間大学が呼んだ。

「あの旗印はなんじゃ」

「……………立葵《たちあおい》に見えまする」

どこの陣にも数人は配される目のいい物見兵が答えた。

「立葵とあれば、本多の家紋。松平か。松平の勢が鷲津を目指しておる。このままには捨て置けぬ」

佐久間大学の顔色が変わった。

今川義元が大軍を率いてやってきていることは皆知っている。南にある丸根砦を無視して鷲津砦を狙うとなれば、その目的は一つしかなかった。

「鳴海城と大高城の間をつながれては、熱田神宮まで一本じゃ」

佐久間大学が焦った。

熱田神宮は三種の神器の一つ草薙剣《くさなぎのつるぎ》を祀る名高き社《やしろ》である。今は宮司の千秋《せんしゅう》家が織田家の被官となっているが、武家の崇敬厚いここを奪われては尾張の土豪や国人領主の動揺は大きくなる。

「半分ほどついてこい」

佐久間大学が百ほどの兵を率いて、本多忠勝たちへ襲いかかった。

「待っていたぞ」

本多忠勝が歓喜の声をあげた。

鷲津砦へ向かうと見せたのは、佐久間大学ら丸根砦の兵をおびき出すためであった。

「小僧、引っこんでおれ、見逃してやる」

佐久間大学から見て、初陣の本多忠勝などまだ子供であった。

「黙れ、おいぼれが」

「甘いわ」

本多忠勝が突き出した槍は、あっさりと佐久間大学に弾かれた。

「おわっ」

全身の力をこめた槍を払われたことで、本多忠勝の体勢が流れた。

「もらった」

そこを織田方の将が狙った。

「させぬわ」

甥の危機に駆けつけた本多忠真が織田の部将を屠《ほふ》った。

「さて、大学どの、お付き合いいただこうぞ」

続けて本多忠真が佐久間大学と向き合った。

「よき敵に見ゆるわ」

佐久間大学が応じた。

敵の目を引きつけるという本多勢の役割は順調に進んでいた。

松平元康は本多勢の動きを尻目にひたすら大高城を目指していた。

「殿、丸根砦をこのまま放置いたすのは得策ではございませぬぞ」

追従していた酒井忠次が元康に進言した。

「なぜじゃ。我らの役目は兵糧入れぞ」

荷駄を急かしながら、元康が問うた。

兵糧と矢を満載した荷駄の足取りは遅い。沓掛城から出て、すでに二刻半（約五時間）以上になるが、未だ荷駄は丸根砦の横を過ぎてはいなかった。

「今ならば十分砦を落とせまする」

酒井忠次が丸根砦を見上げた。

本多忠勝率いる別働隊が鷲津砦を襲うと見せかけて、見事に佐久間大学ら丸根砦の軍勢を釣り出すことに成功した。

丸根砦にはもう百ほどの兵しか残っていない。

酒井忠次は残っている六百ほどの兵で十分砦を落とせると胸を張った。

「…………」

元康は思案した。

動きが鈍い荷駄は、いつ丸根砦からの兵たちに襲撃されてもおかしくはない。もちろん、警固についている軍勢が多いので、十分に追い払えるだろうが、それでも被害は出る。荷車一台が潰されれば、米俵などを兵が担いで行かなければならなくなり、さらに進撃の速度が落ちることはあきらかであった。

「余は大高城に兵糧を入れねばならぬ。五百の兵を分かつゆえ、そなたが丸根を攻撃せよ」

元康は考えを変え、酒井忠次に任せると言った。

「かたじけなし」

酒井忠次が勇んで、元康のもとから離れていった。

「よし」

元康はこれで荷駄を無事届けられると安堵した。丸根砦を落としたという手柄など元康は求めていなかった。いや、下手な手柄は今川義元の機嫌を損ねるのではないかと危惧さえしている。

松平元康は家臣たちを信用していなかった。

さすがに本多信俊ら一部の者は別だが、基本家臣は裏切るものだと考えていた。

その理由は、祖父清康、父広忠にあった。

元康の祖父清康は小名でしかなかった松平家を三河の国の主にまで引きあげた一代の勇将であった。このままいけば、尾張の虎と怖れられた織田信秀を追い払うだけでなく、その領地にまで侵攻するだろうと思われていた。

事実、清康は三河一国の総力ともいえる一万の兵を率いて尾張へ侵入、信秀の弟信《のぶ》光《みつ》の籠もる守山《もりやま》城を攻め立てた。

いよいよ守山城の大手門を破ろうかというとき、清康は小姓の阿部弥七郎に斬りつけられて即死した。

大将を失った三河勢は総崩れになり、以降松平家は衰退の一途をたどる。

父広忠も不幸であった。父清康が急死、十歳で家督を継いだが、一族の離反に遭い、居城を捨てて伊勢まで逃げ延びる羽目になった。なんとか今川義元の手助けで三河に戻ることはできたが、国主としての力はなく、織田信秀の圧力に怯《おび》える日々を送っていたところ、やはり家臣の岩松八弥《いわまつはちや》の謀叛で太股を刺され、その傷がもとで二十四歳の若さで死亡してしまった。

阿部弥七郎、岩松八弥ともに小姓あるいは近習《きんじゅ》として信頼されていた家臣であった。それが主君を襲う。二代にわたって裏切りで家運を衰退させられた松平を継いだ元康が、家臣たちを信用しきれないのも無理はなかった。

なかでも祖を同じくする酒井は、とくに注意しなければならない相手であった。

酒井には松平と同じ源氏の末裔世良田次郎三郎の血が流れている。松平正統の筋が途絶えたならば、酒井が代わって三河の主だと言い出しても不思議ではない。若い元康の補佐として駿府へ同行した酒井忠次が、今川と深い付き合いをしているのもわかっている。

元康は酒井忠次を疑っていた。

織田の砦を落として武名を高めるよりも、己が生き残ることに松平元康は重きを置いていた。

松平家と袂《たもと》を分かった水野家とのかねあいで、三歳にて母と引き離され、六歳で織田の人質になり、八歳でほとんど会った記憶もない父を失い、さらに慣れた尾張から今川の駿府へと移されて、変わらずの監禁に近い生活を強いられる。

十三歳で顔を見たこともない女を娶らされ、毎夜の義務として閨ごとを求められ、跡継ぎを作らされる。

形としては今川家の寄騎大名であるはずが、戦場での手柄とはほど遠い荷駄警固をやらされる。

「吾は血筋だけの価値しかない」

物心付く前から、こういう扱いを受けていては、覇気など生まれるはずもない。まだ織田にいたころには持っていた武将としての矜持も、今川ですり減らされてしまっていた。

「言われたことだけをしていればいい」

人質でありながら、胸を張って駿府の町を闊歩《かっぽ》していたため、今川義元に目をつけられて、義理の娘を押しつけられたが、当時駿府には今川にとって元康より貴重な人質がいた。

関東の雄北条氏康《うじやす》の四男助五郎氏規《すけごろううじのり》であった。北条氏規は、今川家と北条家の同盟を保証するために人質として駿府に滞在していた。

すでに北条氏康の娘と今川義元の嫡男氏真との間に婚姻は結ばれているが、縁はいくつも重ねたほうがよい。それこそ北条氏規と元康の妻となった瀬名を合わせてもおかしくはないのだ。

しかし、今川義元は北条氏規ではなく、元康を選んだ。それは元康の器量を買ったからである。ただ単に松平を今川の配下として組みこむだけならば、瀬名を今川義元の養女にする意味はない。今川の一門関口刑部少輔の娘のまま嫁がせていい。いや、松平を今川の配下とするには、そのほうがよかった。

今川義元は松平元康がどう転んでもよいようにと瀬名を与えた。

もし、元康に武将として十分な能力があれば今川の一門として一手を預け、無能であったならば三河を簒奪するときに旗印となる血筋の獲得を、今川の女を母にすることで容易にする。

だが、今川義元の娘を妻にしてしまえば将来内紛が起こったとき、元康の子供にも今川を継ぐ権利が生まれかねないので、格の落ちる養女を出すことで、それを防ぐ。松平の名跡はいつでも今川が奪えるが、今川の家督にはかかわらせない。

今川義元が松平を、元康をどう考えているかは、明らかであった。

能力を見せれば、死んでもかまわない戦場へやられる。無能であれば嫡男竹千代の成長とともに隠居させられる。

元康はどちらの結末も避けるため、目立たないように行動することに決めた。

活躍して三河の土地が返ってくるなら、まだ気の張りようもある。だが、今川に岡崎城や領土を返すつもりがないとわかってしまえば、やる気などなくなってしまう。

「開門、開門。松平蔵人佐でござる。兵糧の荷駄をお届けに参った」

大高城の大手門前で、元康が大声をあげた。

「そこで止まれ」

すぐに大手門は開かれず、元康の顔を知っている将が本物かどうかを確認するまで、元康は待たされた。

「まちがいなし」

ようやく開かれた大手門のなかへ、元康は荷駄を送りこんだ。

「やっとじゃ」

織田の封鎖で食べものの補給が受けられなかった大高城の兵たちが、米俵を満載した荷駄の到着に歓喜した。

「ご苦労であった。蔵人佐」

険しい表情で鵜殿長門守長照が元康を迎えた。

荷駄を鵜殿長門守長照の配下に渡した松平蔵人佐元康は、大高城の御殿へ入った。

「お館さまは」

「すこぶるご機嫌よく、本日沓掛城を発せられ、昼過ぎには大高城へご入城なされる予定でございまする」

鵜殿長照の問いに元康が答えた。

「それは重畳である」

主君の安否を確認できた鵜殿長照がほっと安堵の顔をした。

「お指図は」

続けて鵜殿長照が訊いた。

「わたくしと大高城の守将を交代し、側につけとお館さまが」

「おおっ、拙者を側にお召しか。やれ、今川武士の冥利である」

鵜殿長照が手を打って喜んだ。

「急ぎ、飯を炊け。湯漬けを喰らうぞ。腹を満たせ、戦じゃ」

控えている家臣に鵜殿長照が指示を出した。

「はっ」

家臣がすぐに反応した。

「丸根砦の織田はどうであった。弱き尾張の兵とはいえ、今回は存亡がかかっておる。さぞや必死に抵抗したであろう」

「家臣に任せて参りましたので……」

織田方の強さを尋ねた鵜殿長照へ元康が首を横に振った。

「戦わなかったのか」

「お館さまより、大高城への兵糧搬入を第一にせよとのお下知でございましたゆえ」

「我らのことを……かたじけなきことである」

今川義元がそこまで気にしてくれているのかと鵜殿長照が感激した。

「……では、後を任せる」

鵜殿長照が松平元康を残して戦準備にかかった。

「手柄は獲り放題じゃ」

ようやく届いた兵糧を腹一杯食べた鵜殿長門守長照一行は、意気揚々と大高城から、今川治部大輔義元の本軍へ合流すべく、出撃していった。

「ご武運を」

元康は、それを見送るしかできなかった。

「城の破損、傷みを確かめよ。大手門を特に念入りに調べて、手当をいたせ」

元康が家臣たちに指図を出した。

「夕刻には、治部大輔さまがお出でになる。みっともないまねは、松平の名折れぞ」

兵糧の搬入、鵜殿長照一行への給食と、休む間もなかった家臣たちを元康は奮励した。

「…………」

のろのろと家臣たちが応じた。皆、不満なのだ。

松平勢は、今回の戦に参加はしているが、ほぼ小荷駄隊として扱われている。小荷駄とは、戦場へ兵糧や補給用の矢などを運ぶもので、基本として戦闘には加わらない。

もちろん、小荷駄は重要である。腹が減っては戦はできぬし、矢が尽きれば弓は役に立たなくなる。それこそ、戦の行方を左右することもあるが、血で血を洗う気の荒い乱世では、槍働きをしないというだけで格下扱いされてしまう。

また、戦わなければ手柄は得られない。武士は敵を倒してその首を獲り、手柄にすることで褒美を得て生きている。

それを封じられたのだ。家臣たちが不満に思うのは当然であった。

「急げ」

元康も家臣の気持ちはよくわかっている。いや、元康も悔しい。目に見える手柄を立てなければ、三河は、岡崎城は返ってこないのだ。それでも耐えるしかないのが、今の松平家の状況であった。

「…………」

家臣たちに聞こえないよう、元康は小さく嘆息した。

大高城の修復を命じられた家臣たちの不満は、もう一つあった。

「丸根砦を落としましてござる」

伝令が自慢げに胸を張った。

本多忠真、酒井忠次ら、別働隊が織田方の鷲津砦、丸根砦を陽動として襲ったときに、敵将を討つという手柄を立てていたことである。

「丸根砦の守将、佐久間大学の首でござる」

「鷲津砦に籠もる織田方の武将を敗走させましてござる」

一戦を終えた別働隊は、疲れ果てていながらも意気軒昂《けんこう》で元康に報告した。

「これならば、今川治部大輔さまもご満足くださいましょう」

「おうよ。朝比奈備中守さまも、我らの奮戦に感服しておられた」

奮戦のうえ、生きて帰ったことに別働隊の者たちが興奮して、それぞれの手柄話を大声で交わした。

「その方どもの働き、見事である」

松平元康も功績を認めて賞賛するしかなかった。

「休むがいい」

別働隊が奮戦したことは、傷だらけの様子からもうかがい知れる。初陣だった本多平八郎忠勝にいたっては、織田の猛将山崎多十郎《やまざきたじゅうろう》と槍をかわし、大怪我《けが》まで負っている。

さすがに元康も、これから城の修理をするゆえ、おまえらも手伝えとは言えなかった。

それがより兵糧搬入を果たした者どもの気分を逆なでしていた。

「我らの役目は、そなたたちが果たしてくれたのだ。その働き、余は忘れぬ」

元康は城の修繕に勤《いそ》しむ家臣たちを宥めながら、別働隊との間にできた亀裂をどうやって修復すべきかに悩んだ。

この武将の下では、いつまで経《た》っても芽が出ないと家臣たちが思い始めたら、元康は終わりであった。領地で謀叛が起こっても、家臣から主君を代えてくれと今川に直訴されても、元康は領主の座を失う。

松平元康の代わりとなって三河を支配できる者は、意外と多かった。というのは、もともと松平がいくつもの分家を抱えているからであった。

三河国松平郷を本貫とする松平家は、周囲の小豪族たちを吸収し、徐々にその勢力を伸ばしていった。

当然、武力だけでなく、婚姻や養子縁組をもって配下に組み入れた勢力も多く、そこに松平の血筋は入っている。

これらも最初は本家に従っていたが、長い戦乱で独立しようとしたり、あるいは本家を乗っ取ろうとしたりしてきた。

事実、元康の父広忠は幼少で家を継いだときに、大叔父の松平信定《のぶさだ》によって岡崎城を奪われ、伊勢へ逃げ出さなければならなくなっている。

今でこそ、寄親として頼んでいる今川家の圧力もあって元康に従っているが、いつ未来《さき》がないと家臣たちが見限らないともいえない。

一所懸命とあるように、武士は土地に命を懸けるものなのだ。命を懸けて役目を果たしても土地がもらえないとなれば、主君と仰ぐ価値がないと離れていくのも武士の習い。それこそ、領地をあげて織田に寝返ることもあり得た。

もちろん、そんなことを今川家が許すはずもなく、それこそ駿河、遠江の兵を集めて三河を攻める。

「叛乱は鎮圧されるだろうが、吾は国主に返り咲けぬ。国を治める器量なしとして、隠居させせられる。その跡は決まっている。竹千代に今川の家臣が傅育としてつけられ、当主となり、三河は完全に今川の領地になる」

　元康は長く思い出しもしなかった長男のあどけない顔を脳裏に浮かべた。

「赤子に罪はないというが……乱世では子こそ親を退ける最大の敵になる」

　元康は己の立場の弱さを再認識した。

四

　織田信長が建てた丸根砦には松平の家臣が、同じく鷲津砦には朝比奈備中守泰朝が入ったことで、大高城は周囲を味方に囲まれた安全な地となった。

　ここで今川治部大輔義元は、織田信長との決戦の準備を整え、まずは熱田神宮を押さえにかかる。

　熱田神宮を押さえれば、尾張の東半分と伊勢湾の海運を手にすることができる。今回の今川義元の西征の目的は熱田神宮を支配下に置くためであるといってもよかった。

「遅いな」

　今川義元の本軍が昼過ぎになっても来ないことに、元康は首をかしげた。

「先触れの瀬名右衛門佐さまもお見えにならぬのは、いささか」

　本多信俊も戸惑っていた。

「様子を見にいかせよう」

「治部大輔さまのご機嫌を損ねませぬか」

元康の言葉に本多信俊が危惧を表した。

松平を、三河を完全に支配したがっている今川義元は、命じたこと以外を元康がするのを嫌う。

「……それならば、小五郎《こごろう》」

酒井忠次を通称で呼んだ元康が、続けて指示を出した。

「佐久間大学どのの首を実検していただけ」

名のある武将を討ち取ったとき、その首を主君に見せて手柄を確認してもらうのを首実検と言い、武士にとって名誉なことであった。

「かたじけなし」

元康から許可をもらった酒井忠次が喜んで出ていった。

「……殿」

「かまわぬ。どうせ同じじゃ」

酒井忠次に今川義元の賞賛が与えられることで、家中不和が進むのではないかと気にした本多信俊に、元康は力なく首を横に振った。

酒井忠次らを送り出してすぐ、槍も刀も投げ捨てた敗残兵たちが大高城に庇護を求めて集まってきた。

「どうしたのだ」

門を見張っていた家臣に呼び出された元康が、敗残兵に問うた。

「ま、負けましてございまする。本隊、織田家の襲撃を受けて崩壊、治部大輔さまは……」

敗残兵が声を詰まらせた。

「じ、治部大輔さまがどうなされたと申すか」

元康の頭に嫌な予感がよぎった。

「敢えない、敢えない最期を遂げられましてございまする」

敗残兵が泣きじゃくりながら答えた。

「馬鹿な……」

一緒に話を聞いていた本多信俊が唖然とした。

「状況を話せ」

元康が詳細を求めた。

「沓掛城を出られた治部大輔さまは、一刻《いっとき》（約二時間）ほど進まれた田楽挟間《でんがくはざま》において、地の者の貢ぎ物をお受け取りになられるためにご休息を取られて……」

敗残兵が続けた。

「貢ぎ物として差し出された酒《ささ》をことのほかお気に召され、いささかお過ごしになられたところへ、織田方の兵が来襲いたしまして……本陣の者どもも必死に抗《あらが》いました。松井左衛門佐《さえもんのすけ》さまを始め多くの方々も防戦なされました。なれど、武運つたなく、治部大輔さまのもとに織田の兵を近づけ、その結果……」

「…………」

話を聞き終えた後も元康は無言で立ち尽くしていた。

「殿」

「……ああ」

本多信俊に肩を揺すられた元康が、気を取り直した。

「ご苦労であった。今は休むがよい」

元康は敗残兵をねぎらった。

今川治部大輔義元が討たれたという報告に、元康は首をかしげた。

「我らが抜けたとはいえ、二万からの軍勢ぞ。対して織田は出せても五千、いや三千が精一杯。それがなぜ負ける」

元康は控えている本多信俊を見た。

「わかりませぬ」

戦慣れしている本多信俊も力なく首を左右に振るだけであった。

「とにかく、今は話を集めましょう。本当に治部大輔さまが討たれたのかどうかをまず確かめねばなりませぬ。乱戦になったとき、それを利用して敵が噂を流すこともございまする」

今川方の動揺を誘うための策の可能性も考えるべきだと、本多信俊が進言した。

「わかった。急ぎ人を鷲津砦の朝比奈備中守どのと鳴海城の岡部丹波守《おかべたんばのかみ》どののもとへやれ。状況を確認するのだ」

朝比奈備中守泰朝は今川の一門であり、岡部丹波守元信は信頼厚い譜代の家臣である。もし、今川義元が敗走するようなことがあれば、二人になにかしらの報せは入るはずであった。

「ただちに」

本多信俊が小走りに離れていった。

「殿」

半刻も経たず、本多信俊が戻ってきた。

「どうであった」

「鷲津砦はもぬけの殻、朝比奈備中守さまのお姿もなし」

「なんだと」

聞いた元康が唖然とした。

「申しわけございませぬ。城へは入れませず、丹波守さまともお目にかかれませぬ」

さらに半刻ほどして、帰ってきた鳴海城への使者が詫びた。

「……なにが一門、譜代ぞ。吾も義理とはいえ、治部大輔の婿である。その吾になにに一つ報せがこぬというのは」

元康が歯がみをした。

やがて続々と情報が入ってきた。

「なんとまた」

元康は、織田信長の採った無謀ともいえる迂回《うかい》策にあきれていた。

「前後の敵を放置して、いきなり中央の本軍へ襲いかかるなど、正気の沙汰とは思えぬ。うまくいったればこそ、寡で衆を制せたが、一つまちがえば前後の敵が合流、挟み撃ちを受けて、壊滅している」

織田信長が今川義元を襲った状況は、元康の常識にはないやり方であった。

「あの三郎さまが……」

元康は織田家の人質として熱田にいたころ、何度も会った信長を思い出した。

「乾坤一擲《けんこんいってき》なのか、端から考えていた策なのか。乾坤一擲だとすれば、三郎さまに運があり、策だとすれば、三郎さまの鬼謀恐るべしである」

元康が難しい顔をした。

神仏の加護を祈念してから戦うのが武将のしきたりであった。

「何々神のご加護は我らにあり、勝利は疑いなし」

こう言って信心深い兵たちを鼓舞することで士気を高めるためであった。

数万の大軍といったところで、その半数以上は領地から徴発した農民足軽である。戦闘の訓練などは徴兵されたときにしかしないため、肚が据わっていない。それこそ、鳥が羽ばたいただけでも逃げ出しかねなかった。

そんな足軽に槍を持たせ、最初に敵と当たらせるとなれば、気持ちを高揚させるしかない。そのために武将は神仏を利用し、己にはその加護があると公言する。

そしてもう一つ、足軽たちを安心させるのが運であった。

「あの大将には運がある」

こう思いこませることができれば、兵たちはどのような無理な命《めい》でも従ってくれる。

元康は織田信長の運を畏れた。

五

大高城はなに一つ被害を受けていないが、総大将が討ち取られたとあっては、負け戦になる。

城中に残っていた者たちは、皆不安そうに寄り集まっては小声で話をしていた。

「殿」

首実検という名目で本軍へ連絡に出していた酒井忠次が顔色を変えて戻ってきた。

「やはりか」

その様子に元康がため息を吐いた。

「すでに報せを受けておられましたか」

酒井忠次が元康の前でへたりこんだ。

「まちがいであって欲しかったがの」

元康は小さく首を左右に振った。

討ち死にした今川義元のことを元康は嫌っていた。人質として圧せられる日々ばかりで、駿府へ移ってから、一度も楽しい思いをしたことはなかった。

いずれ、今川義元の軛《くびき》を離れ、三河の国主として独立したいと願っていた。

もちろん、そのためには今川義元をどうにかしなければならない。織田信長のように討つか、元康の力を認めさせて手を引かせるか。成功するか、いつできるかなどはまったく予想できなかった。

ただ、それがかなり先だということだけはわかっていた。

遠い夢。

今川義元を排除するのは、まさに元康にとって夢であり、目標であった。

それが叶った。

叶ったが、それは元康の力ではなく、他人の織田信長によって果たされてしまった。

「どうすればいい」

自力での独立だとその後の予定も心の内にあるが、降って湧いた事態に元康は混乱していた。

「好機でござる」

悩んでいる元康に、そっと近づいた本多信俊が囁いた。

目標を、夢を失って呆然《ぼうぜん》としていた松平元康の耳に、本多信俊の言葉はじんわりとしみこんだ。

「……好機」

「さようでございまする。これほどの好機は、殿の生涯でもそうはございますまい」

聞き返した元康に本多信俊がより強く行動を勧めた。

「なにをすればいい」

まだ衝撃から立ち直れていない元康が訊いた。

「ただちにここを捨てて、岡崎城へ戻られるべきでございまする」

「大高城を捨てろと」

「はい。すでに鷲津砦の朝比奈備中守さまはなく、丸根砦は百ほどの者が守るだけ。とても織田に対抗はできませぬ」

「敵中孤立……鵜殿長門守の状況か」

元康が気づいた。

大高城へ元康が派遣されたのは、織田の勢力下に突出していたため、後方の味方と連携が取れず、兵糧不足に陥っている鵜殿長照を救出するためであった。

「それはまずいが……」

今川から元康に命じられたのは大高城の守衛である。それを破ることになる。元康は決断できなかった。

「失礼ながら、すでに治部大輔さまはこの世におられませぬ。すなわち、その命《めい》も無効でございまする」

「たしかにそうだが、治部大輔さまが討たれたとはいえ、今川が滅びたわけではないぞ」

総大将を討たれ、かなりの死傷者を出したとはいえ、今川の勢力はまだ大きい。今回のことで国力の減衰はあろうが、それでも数万の兵を動員できる力はある。

本多信俊の考えを認めながらも、元康は懸念を払拭できなかった。

「上総介さまで国が保てるとでも」

「………」

本多信俊の意見を元康は否定できなかった。

今川義元の嫡男上総介氏真は、天文七年（一五三八）生まれで、松平元康の四歳上になる。武田信虎の娘を母に、北条氏康の娘を妻に持つ、まさに今川、武田、北条の三国同盟を体現する人物であった。

東国の京とまでいわれた駿府の若殿にふさわしく、蹴鞠、詩歌に傑出した才能を見せ、その腕前は公家衆の間でも評判になるほどであった。

しかし、雅ごとに没頭するあまり今川氏真は武芸を嫌い、元服どころかすでに二十三歳になりながら、未だ初陣をすませてはいなかった。

「上総介さまでは国が保たぬ……か」

元康も本多信俊の言うことを認めた。

「はい。かならずや国が割れましょう。なによりも武田がそのまま見過ごすとは思えませぬ」

三国同盟が崩れると本多信俊が予言した。

「武田は上総介さまの母方ぞ」

「あの甲州の虎でございますぞ。父を追放した男が、姉など気にもいたしますまい」

驚いた元康に本多信俊が断言した。

「むうう」

元康も否定できなかった。

甲州武田の当主大膳大夫《だいぜんのたいふ》晴信《はるのぶ》は、意見が合わなかった父信虎を、国人領主たちと語らって追放していた。追い出された信虎は、娘婿の氏真を頼って今川へ逃げ、駿府で寓居《ぐうきょ》している。

「追い出した父のことなど、一顧だにせぬか」

本多信俊の推測を否定するだけのものが、元康にはなかった。

「甲州と駿河は境を接している。間に遠江を挟む三河よりも、今川にとって武田は脅威になる」

「はい」

本多信俊が同意した。

「わかった。皆を集めよ、三河へ帰る」

元康が決断した。

松平元康が行く末に悩む少し前、今川治部大輔義元は、沓掛城を出てわずか一刻ほど進んだ田楽狭間で休息を取っていた。

今回で確実に織田信長の息の根を止め、熱田神宮、津島湊《つしまみなと》を手にすると決断した今川義元は、十分な準備をおこなったうえで慎重に軍を進めていた。

「お目通りを」

次々と広がる支配地の村長《むらおさ》や神官、僧侶たちが今後のことを慮《おもんぱか》って貢ぎ物を手に目通りを求めてくる。

「許す」

それを引見し、寛大なところを見せつけるのも今川義元の役目であり、喜びでもあった。

今も田楽狭間、桶狭間《おけはざま》などに居をかまえる者たちが、酒や名産品などを持って、目の前で平伏《ひれふ》していた。

「励めよ」

今川義元はなんの約束もせず、ただ貢ぎ物を受け取るだけで民たちを帰した。

「余か織田の小僧かの去就を明らかにせず、表裏比興なまねをしてきた者どもが」

不機嫌に今川義元が吐き捨てた。

この辺りは、織田の領地である。そこに長年住んできた者たちは、今川義元にとって唾棄すべき連中でしかなかった。

「年貢の減免などしてやらぬ」

今日、明日にも決戦はおこなわれる。海道一の弓取りと讃えられる今川義元の血も昂ぶっていた。

「お館さま。ただいま鷲津砦を攻略したとの報が、朝比奈備中守さまよりございました。同時に丸根砦も松平蔵人佐さまの手に落ち、大高城への兵糧も無事届けられたそうでございまする」

不機嫌な今川義元に小姓が伝えた。

「備中守がしてのけたか。まことに天晴《あっぱ》れである」

今川義元が朝比奈備中守泰朝を褒めたが、元康には言及しなかった。

勝報に続いて鷲津砦を守っていた織田信長の部将たちの首が届けられた。

「首実検をいたそうず」

信賞必罰は当主の義務であった。正しい褒賞を与えなければ、優秀な家臣が他家へ流出してしまう。

今川義元は、地の者の目通りをした続きに、首実検をおこなった。

「何々さま、お討ち取り。織田家家中 某《なにがし》」

髷《まげ》にくくりつけられている手柄札を小姓が読みあげ、その後髷を持って首を今川義元へと向ける。

「見事である」

今川義元が褒める。

これを終わるまで繰り返すのが首実検であった。

「……これにて終わりでございまする」

小姓が首実検の終了を告げた。

「やれ、くたびれたわ。ふむ、ここで昼餉《ひるげ》といたそう。少し早めに切りあげれば、日が暮れる前に大高城へと入れよう」

大きく背すじを伸ばした今川義元が、大休憩を宣した。

兵たちの食事は、糒《ほしいい》に水を足したものに梅干しあるいは、干し野菜などですぐに用意できるが、総大将となると米も炊くし、お菜も調理する。調理をするだけで半刻以上かかった。

「……喰うたわ、喰うたわ」

今川義元が昼餉を終えた。

「少し休んだら出るぞ」

そう指図して今川義元が横になってすぐ、大雨が降った。

「お館さまをこちらへ」

「荷駄を濡《ぬ》らすな」

陣中が雨への対策をとるため、一気に賑《にぎ》わった。

「今川治部大輔どのに口上いたす。織田上総介、一槍合わせに参上つかまつった」

そこへ大音声が響いた。

第三章　動くべきとき

一

織田上総介信長は、まさに乾坤一擲の賭けに出た。

「援軍を出す余裕はない。すまぬ」

今川に奪われ、今や織田家の首元に突きつけられた刃となった鳴海城と大高城を押さえるために作った丸根砦らを織田信長は見捨てた。

「善照寺砦、鷲津砦の方角より煙があがっておりまする」

「よし、今こそ治部大輔に目にもの見せるときぞ。吾に続け」

織田信長が愛馬を駆った。

「おう」

現在、織田家が動員できる全兵力、三千の兵が従った。

「治部大輔さま、田楽狭間にて昼餉の模様」

「天の配剤じゃ」

物見の報告に信長が鞍《くら》を叩《たた》いて喜んだ。

行軍中とはいえ、昼餉となれば見張りを除いたほとんどの兵は槍を置き、飯を食う。なかには窮屈だと兜《かぶと》を脱ぐ者も出てくる。

気の緩み、油断している相手と後がないという覚悟の兵。どちらが勝つかなど言うまでもなかった。

「獲るは治部大輔のお歯黒首だけぞ。他は見向きもするな」

織田信長が家臣たちを見回した。

「今川治部大輔どのに口上いたす。織田上総介、一槍合わせに参上つかまつった」

大声を出した織田信長の合図で、小高い丘の上に設けられた今川義元の本陣へと攻め入った。

戦は小半刻ほどで終息した。

「今川治部大輔さまの首、獲ったり」

戦場に織田の部将毛利新介《もうりしんすけ》が大声をあげた。

「おおおお」

「そんな……」

織田方の将兵が歓喜の叫び声をあげたのに対し、今川方の将兵が力をなくした。

「逃げろ」

誰か一人が背を向けた途端、今川の者たちが武具を捨てて逃げ出していった。

総大将が討たれた。

これは軍勢がすべての機能を失ったことを意味する。

その場をまとめるだけの器量を持った部将がいなかったことも今川本陣の崩壊を早めた。

尾張を飲みこみ、駿河、遠江、三河と四国の主となって、形骸となっている足利幕府を再建する。兄を討って今川家の当主になった義元の悲願は、ここに潰えた。

すべてを扼している義元亡き後、本陣壊滅の後どうしたらいいか指示が誰からも出なかったため、残された今川の兵たちも右往左往するしかなかった。

「殿」

今川義元の首実検をしていた織田信長のもとへ残党の状況がもたらされた。

「……そうか、先手の瀬名右衛門佐、沓掛城留守居の浅井小四郎らは三河へ逃げ出したか」

「鳴海城の岡部丹波守は籠城いたし、お手向かいするようでございまする」

「ほう。今川にも骨のある者はおるようじゃ」

織田信長が感心した。

「松平蔵人佐はどうしておる。もう逃げたか」

ふと思い出したように、織田信長が問うた。

「未だ大高城におられるようでございまする」

「……ならばよし」

織田信長が満足そうにうなずいた。

「治部大輔は討ち果たしたが、今川には跡取りがおったの。やれ、まだ滅ぼすにはいたらぬか。いや、まずは生き延びたことを誇ろうぞ。さて仕上げに入るといたそう」

床几《しょうぎ》に腰掛けて報告を聞いていた織田信長が立ちあがった。

「尾張に残る今川の城を落とす。松平蔵人佐、岡部丹波守らは手強いであろうが、油断せずに攻めれば、後詰めがない小城などものの数ではない」

鳴海城、大高城の攻略を織田信長が命じた。

「逃げよ。竹千代」

配下を走らせて一人になった織田信長が独りごちた。

今川治部大輔義元が本陣を置いた田楽狭間から大高城は近い。

織田信長はまず大高城へ物見を出した。

「誰もおらず、城門を入ったところに兵糧を載せた荷駄が放置されておりました」

物見が戻ってきて空き城になっていると告げた。

「さらに佐久間大学さまらの御首《おんくび》が残されておりまする」

「大学のか」

織田信長が駆け出した。

「……大学。そなたの忠節、決して忘れぬ」

首を前に織田信長が涙した。

「胴体を捜し出し、遺《のこ》されし者へともに渡してやれ」

織田信長が命じた。

「兵糧といい、首といい、竹千代の気配り受け取ったわ」

満足げに織田信長がうなずいた。

「次は鳴海ぞ」

大高城に少しの兵を残した織田信長は鳴海城へと兵を進めた。

「城を明け渡せ。さらば無事に国へ帰ることを許す」

「この城は今川のお館さまよりお預かりしたもの。開けるわけにはいかぬ」

交渉は物別れに終わり、戦端が開かれた。

「……しぶとい」

先ほどまで織田が置かれていたかのごとく後がない状況になった鳴海城の抵抗は激しく、勢いに乗った織田勢の攻撃も功を奏さなかった。

「ええい、このていどの城に手こずるとは」

織田家は全兵力を出しているため、本拠地の清洲《きよす》城の守りが薄い。念のため、織田信長の正室お濃《のう》の方の実家美濃斎藤家に後詰めを頼んでいるが、当の斎藤道三自体が蝮《まむし》と怖れられる梟雄《きょうゆう》なのだ。いつ、気が変わって守るはずの清洲城を奪うかも知れない。織田信長には、鳴海城を囲んでのんびりと攻略をする余裕はなかった。

「どうすれば城門を開ける」

「治部大輔さまの御首《みしるし》と交換してくれるならば、城を明け渡す」

「よかろう」

岡部丹波守元信の申し出を、織田信長は受け入れるしかなかった。

「好きにしろ」

大高城を放棄すると決めた松平元康は、援助を求める今川の敗残兵を無視して、岡崎城へと向かった。

今川治部大輔義元の討ち死にによる混乱に乗じて、岡崎城を取り戻すと松平元康は決意した。

「捨てていくには惜しい」

家臣たちが退去の準備に駆けずりまわっている間、元康は大高城の蔵で悩んでいた。蔵には、つい先ほど元康が運びこんだ兵糧、矢などが積みあげられていた。

兵糧を待ち望んでいた鵜殿長門守らが、届くなりがっついてはいたが、二千足らずの兵では、それほど減ってはいなかった。

どれだけ飢えていても、戦の前に腹一杯にするような心得のない者は少ない。腹一杯になると動きが鈍くなるだけでなく、腹をやられたりしたとき、食べたものが傷口から溢れ出し、命を危なくするだけでなく、卑しい男として敵味方から蔑視されてしまう。

「殿、どうなさいまするや」

同行している本多信俊が尋ねた。

「兵糧も弓も、これから大量に要る。それこそ喉から手が出るほど欲しい」

元康が心情を吐露した。

元康の本拠、岡崎を今川によって奪われて十年以上、年貢は駿府へ持ち去られ、ほとんど残されていない。なんとか譜代の家臣が、今川から派遣された代官の目を盗んで、最低限の備蓄はしているが、今日をもって今川と決別し、独立した大名に戻ろうとしている松平元康にとって、米も矢も貴重であった。

「いささか足が遅くなりまするが、持ち出しまするや。このまま放置しておけば織田を利するだけでございますし」

本多信俊が搬出を元康に勧めた。

「織田を利する……か」

元康が呟いた。

「足が遅くなるのもよろしくないな」

「では、焼きましょう」

本多信俊が言った。持っていけない物資は、敵に使われないよう焼いてしまうのが常識であった。

「いや……」

元康が止めた。

「さて、織田上総介さまはどのような反応をなさるかの」

馬上で元康が微笑《ほほえ》んだ。

「挨拶代わりとしては、豪勢に過ぎるかと」

本多信俊が首を左右に振った。

「余裕を見せておかねば、追撃されるだろう。この状態での戦いは避けたい」

元康がため息を吐いた。

もともと今川義元から手柄を立てられないようにと従軍人数を絞られた元康である。大高城へ入るまでの戦いなどもあり、配下の兵は六百ほどに減っている。しかも、荷駄を運ぶための軍人《いくさ》足で槍さえ持っていない者も含んでであった。

それに軍は前へ進むときは士気があがり、実力を発揮できるが、ひとたび負け戦となり逃げ出すとなれば、普段の力の半分も出なくなる。対して織田は多少の損害があり占領した城や砦の警固のために兵を割かねばならないとはいえ、二千からの兵を出せる。しかも、その二千はすべてが戦える。とても勝負にはならなかった。

「米や矢も惜しいが、今は一人でも兵が惜しい」

「お見事でございまする」

元康の言葉を本多信俊が賞賛した。

「顔を上げたという意思表示でもある」

「なんのことでございましょう」

本多信俊が怪訝な顔をした。

「なに、上総介さまへの挨拶のことじゃ」

元康が笑った。

「二年分の厄介料としてお納めあれ」

大高城に残された米俵を焼かず、元康は礼状を突き刺しておいたのだ。

「殿の豪気さに上総介さまも驚かれましょう」

事情を聞いた本多信俊も笑った。

大高城から岡崎城までは、十五里（約六十キロメートル）と少しある。

通常、軍というのは、一刻で三里弱を進む。逃げ出している松平家の軍勢は、それ以上の速さで走っているが、出発が昼をかなり過ぎていたこともあり、今日中の到着は難しい。

もちろん、敵地になった尾張で野営をするなど論外だが、焦って夜道を急ぎ、転落や衝突などの事故を起こすのもまずい。

「ここで休息をとる。食事と仮眠をすませよ」

元康は日が暮れる前に休息を宣言した。

「では、近くの寺か村に」

家臣の一人が元康の宿を求めるための使者になると手を挙げた。

「いや、宿営は不要じゃ。すでに今川負けたの報せは、この辺りにも届いておろう。さすがにこれだけの軍勢を襲う愚かな落ち武者狩りもおるまいが、わざわざ居所を教えてやらずともよかろう」

元康は松平家が早々に戦場を離脱したとの証《あかし》を残したくないと考えていた。

「とくに寺はまずい」

三河は一向《いっこう》宗の勢力が強く、あちらこちらに寺があった。そして寺同士の連携も密であり、元康が今日、当寺にいたと広められるのは後々に響いた。

「義父たる治部大輔さまの仇《あだ》を討たずして、逃げ出した」

そう噂されるだけで、国人領主、土豪たちの信頼がなくなる。一度弱将との評判が立てば、拭い去ることは難しい。ましてや元康は六歳から岡崎を離れており、この辺りでは実像を知らない者ばかりなのだ。

「そんな弱い大名に従っては、家が滅びる」

寄騎してくれる者がいなくなるどころか、一揆を起こしたりして敵対してくる。岡崎城で独立を宣言するまでは、なんとしてでも秘さなければならなかった。

二

翌朝、夜が明ける前に行動を起こした松平家の軍勢は、昼過ぎに岡崎城下の外れに到着した。

「物見を出せ」

吾が城だからといって、のこのこと入っていくわけにはいかない。もし、今川の城代が残っており、戦場離脱を咎めたりしてきたら一戦することになる。

「戦うにしても、敵の状況を知ってからでなければならぬ」

元康は、岡崎城の状況を確認させた。

岡崎城は周囲を空堀と、切り出された木材で囲んだだけの簡素なものであった。城中の家臣も味方するだろうから、今川方の代官、城代に籠城されたところで、力押しで落とすことはできる。ただ、それをしてしまうと松平家が今川家と手を切ったと明言することになってしまう。

元康が長年留守をしていたことで箍《たが》が緩んでしまった松平家を把握するまで、表だって今川家と敵対するのは避けたかった。

「殿、調べて参りましてございまする」

「城代はおるか」

戻ってきた物見に元康が問うた。

「城代の糟谷備前守《かすやびぜんのかみ》はおろか、今川家の将、兵ともに姿はございませんでした」

物見が報告した。

「まことか」

「岡崎城に入り、留守の者に確かめましてございまする。今川の衆は治部大輔さまの最期が伝わるやいなや、駿府へと逃げ出したそうでございまする」

確認した元康に物見がうなずいた。

「いつのことじゃ」

「昨日、暮れ六つ《む》（日没ごろ）前とのこと」

糟谷備前守らが逃げ出した刻を問うた元康に、物見が伝えた。

「思ったよりも早いの。今ごろ糟谷備前守は駿府に着いておるか」

元康が苦い顔をした。

岡崎から駿府までは三十二里（約百二十六キロメートル）ほど離れていた。

今川の武将で城代を務めるほどの糟谷備前守は騎馬である。

馬を全力で駆けさせれば、一刻でおよそ三十里を駆けると言われている。とはいえ、これは馬が出せる全力で、人を乗せた状態では長く続けられないし、無理をさせれば潰れてしまう。馬が持続して走り続けられるのは、一刻で六里（約二十四キロメートル）がいいところであった。

「五刻（約十時間）ほどで駿府へ着くか」

昨日の日没ごろに岡崎を発ったとして休みなく駆け続けていれば、今日の夜明けごろには駿府へ着いている。

「我らがどうしたかを知ってはおるまい」

元康が大高城を捨てると決断してから半日ほどしか、糟屋備前守は岡崎にいなかった。とても元康が今川家と決別したことを知っての脱出とは考えられなかった。

「ならばよし。まずは陣形を整えよ」

元康が止めていた軍勢に命じた。

「凱旋とは言わぬ。なれど我らは負けておらぬ。堂々と胸を張れ。我らが城へ帰る」

かつて織田信長に言われた言葉、顔を上げよを元康は晴れ晴れとした気持ちで実践した。

岡崎城に入った松平元康は、休むことなく家中の主だった者を本丸御殿へと集めた。

「おおっ、おおっ」

表御殿大広間最上段に座る元康の姿を見た大久保五郎右衛門忠俊が、感極まって泣き出した。

大久保忠俊は、松平清康に仕え、その急死によって起こった家中の争いで広忠を守って伊勢へ落ち延びさせただけでなく、岡崎への帰城を後押しするなど、忠節を尽くしてきた。

「ようやく、ようやく、殿が……」

他にも多くの家臣が涙を流して喜んだ。

泣き声が支配する岡崎城大広間を松平元康は上座から見下ろした。

すべての家臣が集まれるほど、大広間は広くない。ここに席が与えられるのは、家中でも知られた者ばかりである。そのほとんどが頭を垂れ、元康の帰還を喜んでくれている。

「苦労をかけた」

元康も胸が熱くなるのを覚えた。

「皆も話は聞いていようが、昨日、今川治部大輔どのが、織田上総介どのによって討ち取られた」

敬称を「さま」から「どの」に変えることで元康は、今川義元とも織田信長とも同格の独立した大名であることを表現した。

「これを機に、余は今川と手切れをいたす」

「おおおおっ」

元康の宣言に家臣たちが歓呼の声をあげ、大広間が揺らいだ。

「とはいえ、長らく人質として岡崎を離れていた余にいきなり臣従をするなど、納得のいかぬ者もおろう。明日一日の猶予を与える。今川に留まりたい者、織田に寄騎したい者がおれば、出ていくがよい」

懐の広いところを元康が見せた。

「ただし、明後日《あさって》以降の寝返りは許さぬ」

厳しく元康が断じた。

「そのような慮外者は三河におりませぬ」

本多信俊が間を置かず否定した。

「さようでございまする。もし、不心得者が出ましたならば、この大久保が一族をあげて成敗いたしまする」

大久保忠俊も他の者の口を封じるように声をあげた。

「そう申してくれるか」

元康が感動した顔で、今度は集まっている家臣たちを一人一人見ていった。

「そなたたちの忠節を信じ、頼りにいたす」

先ほどの思うがままに今川でも織田でも籍を移してもよいと言ったことを、元康はあっさりと翻した。

城は取り戻したが、それだけで独立した大名になったとは言えなかった。

「まずは、家臣たちの把握からだ」

なにせ松平元康は、墓参でときどき顔を出すていどであり、今川家が嫌がるためほとんど泊まることもなかった。

極端な話、元康を見たこともない家臣さえいるのだ。

これでただちに忠義を尽くしてくれると思えるほど元康はおめでたくなかった。

「なにか困っていることはないか。申したいことはあるか」

松平元康はこまめに家臣たちと話をし、その欲求を聞き出していた。

「殿、わたくしどものことより、もっと大事なことがございましょう」

数日後、本多信俊が元康に真剣な眼差《まなざ》しを向けた。

「もっと大切な……」

思いつかず、元康が首をかしげた。

「奥方さまと御嫡子さまをどうなさいまするや」

「……ああ」

本多信俊に言われた元康が、やっと思い出した。

「殿……」

さすがの本多信俊もあきれた。

「わ、忘れていたわけではないぞ。今はそれよりも優先せねばならぬことがだな」

元康が言いわけをした。

「悠長なことを仰せられまするな。すでに殿が駿府へ戻らず、勝手に岡崎へ入られたことは今川に知られておりまする」

「わかっている」

今川義元が織田信長によって討ち取られてからすでに十日以上になる。

大高城から引きあげた元康が、なに一つ報告もせず、岡崎に居座っていることは、衆知されていた。

本多信俊から注意を受けた松平元康は、それでも慌てなかった。

「妻の瀬名は今川治部大輔の義理とはいえ娘じゃ。治部大輔亡き後を継いだ今川上総介からしてみれば妹にあたる。嫡男の竹千代は、甥になる。そうそう害されることはないだろう」

元康は、瀬名と竹千代が安全だとの推測を語った。

「なにを甘いことを」

本多信俊がため息を吐いた。

「今、駿府は異常な状況でございますぞ」

必勝を信じて二万をこえる軍勢が、駿府を出た。織田を滅ぼして、尾張一国と伊勢湾交易の権利を手にして、一カ月も経たないうちに凱旋してくるはずの今川義元が討ち取られ、整然と進んだ将兵は、散り散りに逃げ帰ってきた。

まさに駿府は、今川義元の喪に服しているかのように消沈していた。

東国の京と言われた華やかさは失われ、行き交う人で混雑した街道には人影もなくなっている。

「それはそうだろう。当主が遠国で戦死したのだ。城下が静まるのも無理はなかろうに」

当たり前のことだろうと元康が述べた。

「それだけですむとお考えでございますか」

本多信俊が鋭い目で元康を見た。

「すむだろう。上総介氏真以外に今川の跡取りはいない。他に候補がいるならば、お家騒動も起こりかねないがな」

元康が述べた。

今川家は河内源氏吉良家の流れを汲む名門ながらさほどの勢力を持っていなかった。その今川家を海道一の弓取りに仕立てたのは、今川義元の父氏親であった。

もともと今川家は幕府より駿河、遠江と二つの国の地頭職を与えられていたが、遠江を斯波《しば》氏に奪われ、勢力を落としていた。

幼くして家督を継いだ今川氏親は遠江の奪還に取り組み、四十七歳にして斯波氏を尾張へ放逐、ようやく名実ともに駿河、遠江の支配者となった。そのためか、今川家臣団には駿河譜代、遠江新参という派閥ができていた。

その二つの派閥が、急遽《きゅうきょ》生まれた家督の空白を利用し、己たちの勢力をより増そうとしたことで今川家が分裂した。

今川義元が駿河派の家臣に、妾腹《しょうふく》の兄玄広恵探《げんこうえたん》が遠江派の家臣に担がれて争った。

武田信虎の娘を正室に迎えることで後背の憂いを払拭した今川義元が、当初の不利を跳ね返して勝利、家督を継いだ。

このときの苦い思い出を忘れられなかったのか、今川義元は早くから跡継ぎを長男の氏真と決定していた。氏真以外の男子を仏門に入れるという念押しもしている。

そのお陰で、今川家が割れる怖れはなかった。

「違いまする」

お家騒動による駿府荒廃の心配はないゆえ、妻瀬名と嫡男竹千代の身柄は大丈夫だとする元康に本多信俊が首を左右に振った。

「なにが違うのだ」

元康には本多信俊の危惧が理解できなかった。

「今川に属している者どもの不満がどこに向かうか。誰に今回の敗戦の責を担わせるかでございまする」

本多信俊が説明した。

「不満はわからぬが、責任はすべて総大将にあるだろう。今回の戦を言い出したのも、陣形を決めたのも今川治部大輔ぞ」

元康が当然の結論を口にした。

松平元康の話を聞いた本多信俊が、小さく頭を振った。

「たしかに敗戦すべての責任は総大将が負わねばなりませぬが、今回はその対象である今川治部大輔さまがお亡くなりになっておられまする」

どういう経緯があろうとも、今川義元は元康の義父になる。本多信俊としては敬語を使うことになる。

「死んだからどうだと」

「死人、それも当主であったお方に、表だって憎しみはぶつけられませぬ」

訊いた元康に本多信俊が答えた。

「表だって……なるほど、肚のなかでは罵っていても、口には出せぬか」

元康も理解した。

仏道が広く流布している駿河、遠江では、死ねば仏という考えが根付いている。さらに古来、死者を非難する行為は嫌われるというのもある。

なにより今川は当主を失ったが健在なのだ。そこで現当主の父、先代の悪口を声高に言えるはずなどなかった。

「思いの丈を出せぬ。その辛さは殿がもっともよくご存じでございましょう」

「ああ」

本多信俊の言葉に元康がうなずいた。長き人質生活でなにが辛いといって、本心を口にできないことほどのものはなかった。

「おのれ、今川」

そう一言でも漏らせば、元康に、いや三河に、さらなる負担が押しつけられる。

寝言でも今川の悪口は言えなかった。なにせ、隣で共寝しているのは今川から送りこまれた女なのだ。

「たまった不満がどこに向かうか……」

「織田ではないのか」

尋ねるような本多信俊に元康が言った。

「織田まで悪口雑言は届きませぬ」

本多信俊が否定した。

敵対している大名同士が、相手を悪鬼羅刹《あっきらせつ》のように罵るのは日常のことであり、言われたほうも怒った振りはするが気にもしていない。そもそも悪口くらいで、おこないをあらためるようでは戦国乱世を生き残ってはいけない。

「たしかに織田上総介どのならば、気にもされまい」

元康が覇気ある織田信長の姿を思い出して納得した。

「となると……」

「駿府の不満、そのはけ口は弱いところに向かいましょう」

確認するような元康に本多信俊が首肯した。

「弱いところ……か」

元康が苦い顔をした。

「素直に駿府へ戻っていたら、今ごろは余が標的にされていたな」

ずっと国を保てぬ大名の子供として蔑まれた元康である。今回の敗戦で今川義元を守りきれなかった連中からすれば、格好の生け贄であった。

「松平がもっと早く大高城に兵糧を入れていれば、鵜殿どのの合流が早まり、お館さまの側におられたであろう。さすれば、織田づれに討たれるようなことにはならなかった」

「兵糧を運び入れるだけの役目とはいえ、松平がもっとも織田方の領地へ踏みこんだのだ。もう少し周囲の雰囲気に気を配っていれば、織田の不意討ちは防げた」

理不尽であろうが、支離滅裂であろうが、人は己の責を避けるために必死になる。

「義父の仇も討たず、おめおめと駿府へ逃げ帰ってくるとは、今川の武勇に泥を塗る行為じゃ。恥を知れ」

今川氏真は蹴鞠ばかりしていて、初陣さえ経験していなかった。ようは、戦ではなにがあっても不思議ではないということをわかっていない。

元康を非難する一門や譜代の思惑に踊らされかねなかった。

しかし、今川が田楽狭間での敗戦の責任を押しつけられる格好の相手、松平元康が駿府にいない。

「余に当たれぬ腹立ちを、手元にいる瀬名や竹千代にぶつけると申すのだな」

「左様でございまする」

本多信俊が首を縦に振った。

「言いたいことはわかった。が、瀬名と竹千代を返せと申したところで、認めはすまい」

「それどころか、殿に駿府へ戻れと要求いたして参りましょう」

ため息を吐いた元康に本多信俊がつけ加えた。

「それはできぬぞ」

元康が拒んだ。

「もちろんでございまする」

本多信俊も同意した。

松平家の正統は元康であり、その次が竹千代になる。他にも分家筋の者はいるが、もし元康と竹千代になにかあれば、我も我もと蠢《うごめ》きだし、たちまち国内に乱れが生じる。

織田と今川、その両方と敵対している状況で家臣が相争えば、それこそいい餌食になる。

「…………」

少しだけ本多信俊が思案した。

「どうした」

難しい顔をした本多信俊に元康が問うた。

「新しく正室を娶られまするか」

「……瀬名を離縁せよと申すか」

本多信俊の提案に元康がうなった。

「我ら家臣一同にとって、殿のお血筋の男子であれば、どなたでも……」

少しのためらいを見せながら、本多信俊が告げた。

「竹千代でなくともよいか」

「畏れ多いことながら」

念を押した元康に本多信俊がうなずいた。

「瀬名と竹千代を捨てる……」

元康が眉間にしわを寄せた。

「少し考えたい。下がれ」

一人にしてくれと元康が本多信俊を下げた。

三

他人払いをした松平元康が、瞑目《めいもく》して思案に入った。

「要るのは、余が血だけ……」

わかっていたことだが、あらためて己が当主として城に入って忸怩たる思いは増していた。

「だが、その覚悟はしてきた」

家臣たちが今川の圧政に耐えてきたのも、元康という正統な松平家の跡取りがいたからであり、それに報いるのが当主たる者の責任であった。

「新しく子供を作れば、竹千代の価値はなくなる」

元康が呟いた。

吾が腹を痛めて産んだ母親は、その前の十月十日も含めて子を認識できる。しかし、男親は違った。男親は接することで、子供を愛《いと》しく思い、庇護の対象とした。

不幸なことに元康は、男親、女親両方の愛情を知らなかった。

母は生きているが、松平家が今川の配下となるために、織田に近い水野家の女を正室としておくわけにはいかず、元康を産んで三年経たずに実家へ返された。そして、父は元康を人質に差し出した。

「瀬名だけでも愛おしければ、その産んだ子もかわいいのかもしれぬが」

正室の瀬名は今川義元の姪であった。いい捉え方をすれば、元康の器量を買って一門に引き入れたと考えられるが、そのじつは、次の代における松平家乗っ取りを策したものでしかなかった。

今川家という天下の名門、その本拠で生まれ育った瀬名である。降伏に等しい境遇を受けても庇護を求めた松平家など、家臣筋よりも格下に見る。そこへ嫁がされる屈辱、今川義元の真意をわかっていても、下人ていどとしてしか見てこなかった男に愛情など湧くはずもない。

元康と瀬名は子をなすためだけの関係であった。

ふと元康は引っかかるものを覚えた。

「なぜ庄左衛門は、瀬名と竹千代のことを気にする」

本多信俊を通称の庄左衛門と呼んだ元康が首をひねった。

「余は今年で十九歳ぞ。これからいくらでも子を産ませられる」

松平の当主となった元康の血を引いていれば、跡継ぎとしての資格はある。

「わからぬときは訊くにしかずというが……」

先ほど他人払いと称して、下げたばかりなだけに、すぐ呼び戻すのは気まずかった。

「……誰がよいか」

元康が悩んだ。

腹心といえる本多信俊を下げた後で、別人を呼び出すのはまずかった。

本多信俊を見切ったか、あるいは信用できないと元康が思ったかの、どちらかととられかねない。

「呼ぶのではなく、行けばよいのだ」

ふと元康が発想を転換した。

「そういえば、弥八郎《やはちろう》が怪我を負ったと言っていたな」

元康が思い出した。

弥八郎とは、元康の鷹匠《たかじょう》である本多弥八郎正信《まさのぶ》のことだ。駿府で人質生活を送っていたおり、今川義元から武将のたしなみとして鷹狩りを推奨された元康の求めで三河から召し出された。

五歳年長の本多弥八郎の思慮深い態度もあって、元康は気に入っていた。

「丸根砦攻略に加わったさい、左足を怪我したとも聞いた。ちょうどよかろう」

一人で納得した元康は、本多弥八郎のもとへと向かった。

岡崎の城下は、城を中心に町作りをされている。城を囲むように松平家の重臣たちの屋敷が並び、遠くなるに従って軽輩の住まいとなっていく。

武士身分でさえない本多弥八郎の住居はかなり城から離れていた。

城下はどこも今川家という重石《おもし》がなくなった喜びに満ちていた。しかし、本多正信の住まいは静かであった。

「弥八郎はおるか」

元康が敷地の外から声をかけた。

「どなたか」

表戸代わりの薦《こも》を若い男があげて、顔を出した。

「これは……殿」

元康を確認した若い男が姿勢を正した。

「不意の訪問じゃ。楽にせい。そなたは弥八郎の……」

「弟、三弥《さんや》めにございまする」

問いかけた元康に本多三弥が名乗った。

「弥八郎はどうじゃ」

「お陰さまで、命ながらえておりまする」

「会えるかの」

「むさ苦しいところでよろしければ」

元康に求められた本多三弥が、兄弥八郎のつごうも聞かず、薦を開いた。

「どうだ」

「恥じ入りまする。初陣で傷を負うなど、わたくしは戦に向いておらぬようでございます」

許しもなく入ってきた主君に、本多弥八郎が寝たままで首を横に振った。

「たった一度の参陣で決めつけることはあるまい」

「本人の性質《たち》は本人がもっともよくわかりまする。槍が光るのを見ただけで身が竦《すく》み申した」

あきらめることはないと慰めた元康に、本多弥八郎がため息を吐いた。

「鷹匠に戻るか」

「そちらも難しゅうございましょう。傷が治っても、足が従来のように動いてくれるかどうかわかりませぬ」

本多弥八郎があきらめを見せた。

「ところで御用は。お見舞いにお出でくださっただけではございますまい。お気色《きそく》がよろしくないように拝見つかまつりますが」

元康来訪の目的を本多弥八郎が尋ねた。

本多弥八郎正信に用件を問われた松平元康は、包み隠さずすべてを語った。

「……なるほど」

鷹匠の禄は足軽よりましというていどで、傷ついた身を労《いたわ》るほどの敷き布はない。筵《むしろ》を重ねただけの寝具の上で、まだ起きあがれない本多弥八郎が思案に入った。

「なぜ本多庄左衛門どのが、ご正室さまとご嫡子さまを気になさるのか、わからぬと」

本多弥八郎が元康の疑問を確認した。

同じ本多を名乗ってはいるが、本多庄左衛門信俊と本多弥八郎正信の間に血縁はない。

どちらも五摂家の一つ二条家の枝葉が豊後《ぶんご》本多郷を領したときに、家名を本多にあらためた者の末裔と名乗っているが、証拠はなかった。

「鷹匠ごとき」

松平家における序列でいけば、元康の小姓も務めた本多信俊がはるかに上になった。

本多弥八郎の務める鷹匠は主君の側近くに侍《はべ》り、身分は武士に準ずるとはいえ一段低い。

また、世は命を懸ける武士が花形とされている乱世である。いかに合戦の練習になるとか、陣形の参考になるとして武家に推奨される鷹狩りでも、命にはかかわらない。

どうしても鷹匠は他の家臣たちから侮られやすい。

本多弥八郎が本多信俊に敬称をつけるのは当然であった。

「おそらく、殿のご評判を庄左衛門どのは考えられたのではございませぬか」

「余の評判だと」

本多弥八郎の推測に元康が怪訝な顔をした。

「今後を殿はどうなさるおつもりでございましょう」

本多弥八郎が尋ねた。

「今後か。なにより今川に荒らされた領土を立て直し、家臣どもの把握に努める」

「それ以外でございまする」

元康の答えでは不足だと本多弥八郎が首を横に振った。

松平元康は悩んだ。

やっと念願の岡崎城へ戻ることができた。じつに十三年ぶりになる。

人質は、勢いのある巨大勢力に挟まれて、独立を保つだけの力を持たない大名家の生き残り策である。だがそれは、人質として差し出される者の悲哀と未来までは考慮されていなかった。

物心ついてから領地に入れなかった元康である。今の三河がどうなっているか、家臣たちがどのように己を見ているかが気になって仕方がない。

それらを把握することが、元康にとってもっとも優先すべきことであった。

「家臣どもの把握、たしかに大事なことでございまする」

考えこんだ元康に本多弥八郎正信が語った。

「今後どのように松平家は進んでいくのか。それを明示せず、どうやって家臣たちを導いていかれるおつもりでございますか。目的もなく、ただ今までどおりの生活を続けていければよい、こんな未来《さき》の見えない、夢のない主君についていく家臣などおりませぬぞ」

本多弥八郎が元康を諭した。

「どう進みたいか……」

言われた元康がふたたび思案に入った。

「どうするべきだと思う」

今まで人質としてすべて他人に決められてきた元康には、岡崎を取り返した後の展望がなかった。

「殿の未来には三つの道がございまする。一つは独立を貫くこと。もう一つは今川に復帰すること。そして最後の一つは織田と手を握ること」

本多弥八郎が悩んでいる元康へ助け船を出した。

「三つしかないのか」

「あるだけましでござる」

元康の文句に本多弥八郎があきれた。

選択を求められた松平元康が苦吟した。

「今川のもとへ戻るのは、ない」

「よろしいのでございますか。今なら今川治部大輔さまお討ち死にの混乱を治めるため、岡崎へ入ったとの言いわけがききまするが」

「また、あの屈辱にまみれよと申すか」

元康が顔を赤くして怒った。

「前よりはましになりましょう。治部大輔さまが亡くなって駿河、遠江、三河は混乱しておりまする。その混乱の元の一つである殿が、今川へ恭順を示されれば、他もなびきましょうから。それに今後は織田への壁として、一層役立たせようと考えておりましょうほどに」

「すり潰されるのは同じだ」

今川の一門にふさわしい処遇は得られるだろうという本多弥八郎を元康が怒った。

「たとえ駿府館をもらえるとしても断る」

元康が断言した。今川家の本城である駿府館を吾がものにする。それは元康が今川の当主となって乗っ取ることを意味していた。

「当主になられたのでござる。怒りを隠されよ。本当に腹立たしいときほど静かに、怒りを見せつけねばならぬときは大仰に。想いをそのまま表に出すようでは、乱世を生き残っていけませぬ」

本多弥八郎が元康に意見した。

「うっ……」

元康は反論できなかった。

「そこまでお嫌ならば、今川への復帰はなしといたしまして、残るは独立か、織田を頼るか」

条件を減らして本多弥八郎が問うた。

「独力でやっていきたい」

「殿の願いではございませぬ。松平家としての方針でございまする」

「わかっておる」

否定されたも同然の念押しに、元康が嫌な顔をした。

「本気でできるとお考えならば、わたくしは本日をもって、退身をさせていただきまする」

元康に仕えてはいられないと本多弥八郎が宣した。

本多弥八郎正信から、仕えるにふさわしい主君ではないとの評価を突きつけられた松平元康は呆然となった。

「な、なにを……」

「武士はご恩とご奉公。与えられた所領、扶持《ふち》に応じて、働くもの」

「そなたの扶持は、余が出しておる」

「ですから、それをお返しすると申しております る。潰れる家に仕えて、ともに滅びるのは御免こうむりまする」

元康の言葉に本多弥八郎が冷たく応じた。

「余では保たぬと……」

「夢を大きく持たれるのはよろしいが、夢と現実の混同をなさるのはいただけませぬ。今、松平に独立して領土を維持するだけの力があれば、そもそも殿を人質に差し出しなどしませぬわ。それこそ、酒井か石川あたりの嫡男で今川も納得したはず」

酒井も石川も松平を支える譜代の重臣であり、どちらも欠かすことはできない。

「…………」

言われた元康はなにも反《かえ》せなかった。

人質は戦国乱世の習いではあるが、かならずしも当主の嫡男でなければならないわけではなかった。いや、嫡男を出すほうが珍しい。

預けた人質になにかあれば、いきなりお家断絶の危機を迎えることになる。

通常は嫡男以外の男子、それがいないときは一門、あるいは重臣の息子のなかから選ばれる。それがたった一人の直系男子を人質に出さなければならなかった。このことだけでも、松平家の勢力がいかに弱いかがわかる。

「見るだけの夢は己のなかだけに秘めておいていただきたい。口にするのは手の届く範囲の夢」

本多弥八郎が厳しい諫言をした。

「……やはり織田と組むしかないのだな」

そうなれば、選択肢はなかった。

「聞くところによりますと、殿は織田上総介さまとお親しいとか」

本多弥八郎が確認した。

四

まだ完全に納得できていない松平元康を尻目に、本多弥八郎正信が話を続ける。

「織田家と組む。そうなれば今川を敵といたしますな。黙ってはおられませんでしょう、今川上総介さまは」

元康の鷹匠として駿府にいたこともある本多弥八郎は、今川義元の嫡男上総介氏真をよく知っていた。

「今川は幕府を支える名門と矜持の高いお方が、格下の松平家に背を向けられて我慢なさるはずもなし」

「攻めてくるか」

元康が顔色を変えた。

当主を失ったとはいえ、今川家の本城は無事、領土は多少減少したといえども、駿河、遠江両国に三河の一部を維持している。三河一国に足りない松平家を一蹴することは容易であった。

「当分はございますまい」

本多弥八郎が元康の危惧を否定した。

「当分……か」

いずれは来るのだなと元康が確認した。

「当家が織田家と結べば、まず攻めては参りますまい。来ても形だけで、今の今川に織田と正面からやりあうだけの余裕はないかと」

真剣に軍勢を向けてくるとは思えないと本多弥八郎が述べた。

「後顧の憂いはないぞ」

今川は東の北条、北の武田と同盟を結んでおり、背後を気にせず三河へ攻めてこられるぞと元康が懸念を口にした。

「憂いはございますぞ」

本多弥八郎が元康の思いこみだと首を横に振った。

「北条はまだしも、武田がこの機を座視するとは思えませぬ。武田にとって、海を手にすることは悲願でござれば」

「塩か」

元康が気づいた。

「しかし、同盟はあるし、今川上総介の母は武田大膳大夫の姉、いわば甥だぞ」

同盟破棄はないと元康が否定した。

大きく本多弥八郎正信がため息を吐いた。

「ご自身でも信じておられぬことを、希望だけで口になさいますな」

本多弥八郎が松平元康を諫めた。

「戦国の同盟など、己のつごうでどうにでもなるもの。もし、同盟が崩れないものならば、足利の幕府は未だに天下を治めていたでしょう」

天下の武士を束ねる足利幕府は、創立当初から配下の大名たちを統制できず、その権威は失墜し、乱世を呼んでいる。

「また、一族が絶対ならば、殿は尾張に奪われることもなかったはず」

庇護の条件として駿府へ送られるはずの元康を途中で奪い、織田家に売りつけたのは松平の一門、戸田弾正少弼《だんじょうしょうひつ》康光であった。

「武田は信用がなりませぬ」

本多弥八郎が断言した。

「では、今川は北への備えをしなければならぬのだな」

「しなければ、こちらは助かりますが」

妙な言い回しで本多弥八郎が肯定した。

「わかった。早急に織田上総介どののもとへ誰かをやろう」

元康が宣した。

「ところで、この話と瀬名と竹千代のことはどうかかわってくるのだ」

元康は話を最初に戻した。

「おわかりですか。竹千代さまは、先日までの殿と同じ状況だと。今のところ、松平家正統の跡継ぎは竹千代さまだけ」

「あっ」

元康が驚きの声をあげた。

「だが、余が別の男子を産ませられれば、人質としての価値は薄れよう」

「お生まれになるという保証はどこに。また、おできになったところで、無事に育たれるという保証は」

「……ない」

本多弥八郎の申し分に元康はうなだれた。

正統な血筋は旗印になる。本人にまったく能力ややる気などがなくても、人は集まってくる。それだけ血筋は重いものであった。

「殿に万一のことがあれば、皆が竹千代さまを当主として仰ぎますぞ」

本多弥八郎正信が淡々と告げた。

「子供だぞ。戦に出るどころか、一人で小便もできぬ幼子じゃ。それを松平当主とするか」

「はい」

　悪びれることなく本多弥八郎がうなずいた。

「殿がどれほど今川を憎まれようとも、我らは竹千代さまを切り捨てられませぬ」

「見捨てるなと申すのだな」

「………」

　竹千代を救い出せということかと確認した元康に、本多弥八郎が無言で肯定した。

「庄左衛門が言いたいのもそれか。新しい世継ぎができるまで、竹千代を死なせるなと」

「たとえ、他の女に御子ができても、竹千代さまをお捨てになられませぬよう」

　元康の確認に本多弥八郎が条件を加えた。

「なぜだ。松平の跡継ぎは、余の血筋であればよいのであろう」

　怪訝な顔を元康が本多弥八郎へと向けた。

「ご正室をどうなさいます」

　本多弥八郎が話を変えた。

「瀬名をどうするかと」

「離縁なされますや」

困惑する元康に本多弥八郎が重ねて訊いた。

「……離縁か」

本多信俊と同じことを言われた元康が戸惑った。

「竹千代さまは、ご正室さまのお腹より生まれた御子さま。すなわち正統」

「生母の格か」

ようやく元康は、本多弥八郎の重ねられた問いの要点を呑みこめた。

「瀬名さまがおられる限り、殿が今後儲けられる御子はすべて竹千代さまよりも格下、庶子となりまする」

本多弥八郎が語った。

新たに浮かびあがった問題に松平元康が考えこんだ。

「瀬名を離縁することに支障はあるか」

己一人の思案では不足が出かねない。元康が本多弥八郎へ質問を投げた。

「今川との決別、竹千代さまが人質となる。この二つくらいでしょうか」

「思っていたほどではないな」

元康が安堵した。

大高城の守将を命じられていながら、さっさと放棄して岡崎城へ入ったのだ。その段階で今川の支配下から逸脱したことは明白である。とはいえ、これは総大将の今川義元が討ち取られ、全軍崩壊の状況に陥ったことが原因でやむを得なかったと言えなくもない。

「瀬名と離縁する」

今川義元の養女を実家に返す。これは今川家との絶縁を意味している。いや、敵対の宣言に他ならなかった。

「竹千代さまは見せしめになりますぞ」

「瀬名の子だぞ。今川義元の孫でもある」

家督のためならば、親子兄弟が争い、殺し合うのが乱世である。半分敵将の血を引く男子など、いつ裏切られるかわからないのだ。とても将来の一門として育てる価値はない。

「忘恩の松平よ、そなたたちのおこないが、この幼子を死なせるのだ」

天下に元康の非を訴えて、首を刎《は》ねるか、

「この子の命が惜しくば、おとなしく配下に戻れ」

脅しの材料として使うかになる。

「竹千代を見捨てて悪いのか」

すっと元康が声を低くした。

「殿にその覚悟がおありになるならば」

「吾が子を死なせる覚悟か」

「違いまする」

確かめるように問うた元康に、弥八郎が首を左右に振った。

「吾が子を見捨てた、情のない武将という悪評を受ける覚悟でございまする」

本多弥八郎が元康を見つめた。

悪評というのは、武将にとって避けるべきものであった。

「あの武将の下についたら、戦に勝てぬ」

常敗という悪評を受けた武将の旗の下に人は集まらなくなる。

「情なし」

いつ切り捨てられるかわからないと、悪評を信じた配下たちからいざというときの忠誠が得られない。

勝っている間はまだいいが、負け始めたらたちまち陣形は維持できなくなる。

「それはまずい」

まだ家臣たちを把握できていない松平元康にとって、悪評はどのようなものでも避けるべきであった。

「では、どうすべきだ」

「瀬名さまと竹千代さまのお二人を引き取ると、今川へお伝えになるべきかと」

元康の求めに本多弥八郎が答えた。

「すんなりと返すはずなどないぞ」

「当然でございますな。おそらく使者は成果なく帰されましょう」

本多弥八郎が元康の予想に同意した。

「それでよろしいのでございまする」

「徒労をよしとするか」

「はい。ならぬとわかっていても、お二人の返還を要求することは、夫として、父として当然のこと。それを拒んだ今川は、情のない者と世間から非難をされまする」

「今川に悪評を押しつけるか」

元康が嫌らしい笑いを浮かべた。

「…………」

本多弥八郎が沈黙した。

「傷を負っているところすまなんだの」

戦傷を負った本多弥八郎をねぎらって、元康が部屋を出た。

「兄者、どうした」

「……まだ主君と仰ぐには青い」

見送りから戻った弟三弥に訊かれた本多弥八郎が呟いた。

第四章　当主として

一

　元康は、まず今川上総介氏真のもとへ、今川義元の死を悼む使者を出した。

「前《さき》の治部大輔さまの追善法要をおこなうゆえ、駿府へ参れ」

　今川氏真からの返答はまともなものであった。

「法要の後、正室と嫡男を連れて岡崎へ戻らせていただきたく」

　要求に対し、元康は人質の返還を条件とした。

「それはならぬ」

　一言で今川氏真が拒んだ。

　今川義元が敗死し、由比《ゆい》美作守《みまさかのかみ》正信、井伊信濃守直盛《なおもり》など有力な家臣を失った今川家は大きく揺らいでいる。

　すでに東三河や伊豆《いず》、甲斐との国境の国人領主たちのなかには、松平や北条、武田へとすり寄る者も出てきている。これを放置するわけにはいかないのだ。

従えている国人領主の数が、武将としての力、大名としての領土になる。国人領主一人に離反されることは、その分、己の力が減り、奪った側の力が増える。差し引き、二人分の損失になる。所属している国人領主の三分の一が敵に回れば、その地方は奪われたも同然になる。

その危機に今川家は瀕《ひん》していた。

「人質を差し出せ」

今川氏真は国人領主たちを縛りつける策に出るしかなかった。武将としての実績がなく、血筋だけで跡を継いだ者の弱さが今川氏真を蝕《むしば》んだ。

すでに人質を差し出している者には追加を、そうでない者には、妻や子を駿府へ寄こすよう命じた。

「無茶な」

国人領主たちの反発はすさまじく、より今川家からの離反を招いた。

「今川とともに、滅びるか」

妻子の解放を求める一方で、元康は東三河の諸将に調略をしかけた。

策も調略も一日でなるものではない。

「今川と松平では国力が違いすぎる」

松平元康からの誘いに、そうそう乗る者はいなかった。

もちろん、それであきらめはしない。

「今川上総介は人を信じられぬ。そのような輩《やから》に主君として仕えるより、情けある武将松平蔵人佐こそ仕えるに値する人物である」

繰り返し、繰り返し、岩に清水をしみこませるようにして、元康は東三河の国人領主たちを口説き続けた。

「今日より、蔵人佐さまこそ、我らが主君」

一年ほどで東三河野田《のだ》城主の菅沼定盈《すがぬまさだみつ》が一門の西郷清員《きよかず》を誘って、今川氏真に絶縁状を送りつけた。

「おのれ、菅沼、松平」

今川氏真が憤った。

「東海の平穏こそ、吾が願いである」

永禄四年（一五六一）正月、足利十三代将軍義輝《よしてる》は、窮地に陥った今川家を救うため、今川氏真と元康の仲を取り持った。

「もとより争う気などございませぬ」

元康は仲裁を受け入れる姿勢を見せた。

「ただ、わたくしは妻と息子を手元に置きたいだけでございまする」

人質を返せば、松平の遠慮はなくなる。そんな願いを今川氏真が受け入れるわけもなく、交渉は暗礁に乗りあげていた。

そこで遠江に近い東三河が元康へ近づいたのを知った。

「野田城を落とせ」

今川氏真が兵を起こした。

「肥前守《ひぜんのかみ》、見せしめじゃ」

それだけでは怒りの収まらなかった今川氏真は、家臣小原《おはら》肥前守鎮実《しずざね》に命じて、菅沼や西郷、その他東三河の国人領主たちから差し出されていた人質たちを、三河国豊《とよ》橋《はし》の龍拈寺《りゅうねんじ》門前で串刺しに処した。

「悪逆非道なり」

串刺しのまま放置された人質の姿は、かえって今川氏真の人望を潰えさせた。

今川氏真の評判を落とす。そのための手立てを松平元康は惜しまなかった。

「公方《くぼう》さまのご機嫌を伺わせていただきたく」

元康は伝手《つて》を頼って、京まで駿馬《しゅんめ》を運び、ときの将軍足利義輝に献上した。

周囲の国人に将軍家とのつながりを見せつけ、その権威をもって三河の正当な国主として認めさせようとしたのだ。

すでに実質としての天下人ではなくなっているが、足利幕府の威光は京から離れるほど大きくなり、将軍から手紙の一つでももらえれば、それだけで国人領主たちを集めて宴を開くことができる。

もちろん、集まった全員が元康に従うわけではない。敵対していても、祝意を示すための行動を取らねば、幕府への無礼と見られてしまう。極端な話になるが、将軍への敬意がないとの名分をもって攻められることもあるのだ。

嫌々ながらの参加でも、催した側にしてみれば、味方に引き入れたと世間へ見せられる。

宴一つにも戦略は含まれていた。

「いい加減に愚かなまねを止め、急ぎ駿府へ参じよ」

着実に地固めをしている元康を、今川からの使者が何度もやってきては叱責した。

「妻と子供を三河へ返していただきたく」

それに対し、元康は判で押したように同じ答えを返していた。

形としては今川から離脱しているが、まだ独立を宣言してはいない。

「そろそろだな」

いつまでもどっちつかずでは、せっかく味方になった国人領主たちも戸惑う。

「やはり今川には勝てぬのではないか」

せいぜい百人から二百人ほどしか兵を持たない国人領主にとって、どこの勢力に与するかは死活問題なのだ。

元康が家臣を岡崎へ集めた。

集まった家臣たちを前に、松平元康が決意を口にした。

「牛久保《うしくぼ》を攻める」

「おおっ」

「ついにでござるな」

元康の宣言に家臣たちが興奮した。

牛久保城は、三河の国の東に勢力を持っていた牧野《まきの》氏の居城であった。

今川家に属している牧野氏は、討ち死にした今川義元の信頼も厚く、かなり前から西三河の西尾《にしお》城も預けられていた。

「城主の牧野新次郎《しんじろう》は西尾におり、城代稲垣平右衛門《いながきへいえもん》は城を出て領地へ戻っている」

元康が説明を始めた。

すでに牧野氏の家臣団への調略は進んでおり、元康への内応を約している者もいる。

牛久保城の状況は正確に元康の知るところであった。

「夜襲をかける」

今川氏の軛から外れて初めての戦である。これで元康の武名が轟《とどろ》くか、悪評が広がるかの瀬戸際であった。

しかし、ありとあらゆる策謀を巡らせた牛久保城攻めは、失敗した。

牛久保城に残っていた真木越中守《まきえっちゅうのかみ》を始めとする一族の奮戦、領地から急いで戻った稲垣平右衛門の武勇に、松平勢は得るものなく撤退するしかなかったのだ。

「松平、決別」

匂わせてはいたが、確実な敵対を見せていなかった元康の牛久保城攻めは、今川家を揺るがせた。

「妻や子が惜しくないというか」

今川氏真が元康を非難した。

「血祭りに……」

「お待ちを。今はその時期ではございませぬ」

思い知らせてやろうとした今川氏真だったが、先日の人質串刺しの悪評の再来を怖れた家臣たちによって止められた。

牛久保の敗戦は、今川以上に松平を震撼《しんかん》させた。

「武運に見放された当主」

譜代の家臣たちは、己たちが牛久保城を攻めきれなかったという後悔もあり、さほど動揺していないが、国人領主たちの帰趨《きすう》が不確かな状況になってしまった。

「このままではよろしくありませぬ」

本多信俊が手を打つべきだと進言した。

明確に今川と敵対し、三河独立の狼煙《のろし》をあげたはずが、最初で躓《つまず》いた形になってしまった。

「…………」

黙った元康に本多信俊がため息を吐いた。

「はああ、どうすればよいかはおわかりのはず。まさか、今一度今川へ頭を下げられるおつもりか」

「それはない」

元康が否定した。

「なれば、なさるべきはただ一つ」

「独力での自立をあきらめ織田と手を組む……」

確認された元康が答えた。

「お覚悟はお持ちのはず」

本多信俊が声を険しいものにした。

「……わかっておる。妻と子を人柱にする覚悟はとうにできている」

元康がうなずいた。

今川義元の義理の娘で元康の正室瀬名とその子である嫡男竹千代は、一年近い交渉もむなしく、駿府に留め置かれている。

　これは元康が今川から決別しないよう、牙を剃かないようにとの足かせであった。

　事実、命じられた大高城守衛を放棄し、岡崎へ帰った元康は、水面下での調略で国人領主たちを支配下に置こうとはしたが、それ以上のことはしていなかった。

　奇妙な平安にあった両家の間に、元康が牛久保を攻めることで石を投げ、波紋を起こした。

　これは三河、遠江、駿河の三国だけでなく、甲斐、相模にも影響を及ぼした。

　なかでももっとも大きな波を受けたのが織田上総介信長であった。

「一年伏して、この有様か」

　織田信長は、元康の使者として同盟の申しこみに来た松平の家臣本多信俊に、あきれてみせた。

「呻吟《しんぎん》なされておりました。ご正室さまを、お世継ぎさまをなんとかして助け出そうと。そのため機を見計らって……」

「……呻吟だと。竹千代がか」

　本多信俊の言いわけを、織田信長が鼻で笑った。

「それが本当だとしたら、吾は竹千代と手を結ぶ気はない」

　織田信長が元康を幼名で呼んだ。

「なぜでございましょう」

「妻と子を本心で取り戻したいならば、方法はあった」

問うた本多信俊に織田信長が述べた。

「…………」

「そちもわかっているようだな。そうよ、治部大輔が死んだ直後だ。軍勢を岡崎へ残し、ごく一部の精鋭だけを引き連れ、敗戦にあわてて戻った振りをして駿府へ侵入、総大将を失って混乱している隙を突いて、妻と子供を攫《さら》って逃げ出す」

織田信長が策を語った。

「そうすれば、妻子は簡単に取り戻せた。それに気づかぬほど、竹千代は間抜けではないはずだ。尾張で過ごしていた間、なにも教えなかったわけではないぞ。学問は、軍学を含めてしっかりと身につけさせた」

人質として尾張に捕らえていたころの元康を、織田信長はかまいまくっていた。教育はしてあると織田信長が胸を張った。

本多信俊は啞然としていた。

「うん、おかしいか。余がそこまで竹千代を買っているのが」

「お伺いいたしとう存じますが、畏れながら主を竹千代とお呼びになるのをお止めいただきたく。すでに竹千代の名は、ご嫡男さまのものでございますれば」

織田上総介信長が主君松平元康を幼名で呼ぶのに本多信俊が抗議した。

「蔵人佐どのとでも言えば満足か」

「できましたら」

織田信長の確認に本多信俊が遠慮がちに願った。

「まだ竹千代で十分であろうが。子を持つには早い」

「上総介さま」

主君を侮られた本多信俊が怒りを見せた。

「ふん、家臣には恵まれておるようだな」

織田信長が鼻を鳴らした。

「牛久保を落とし損ねたことで、尻に火がついたのだろう」

「……はい」

確実に織田信長は元康の現状を読んでいる。本多信俊は隠すことを止めた。

「今川に三河を攻めるだけの余裕はない。武田が背後で蠢いておるからの」

「……それはっ」

他国の情勢を知るのは難事である。金も人も使わなければならない、まさに密事である。それを織田信長はあっさりと本多信俊に教えた。本多信俊はその余裕の振る舞いに息を吞んだ。

「それでも尾張に、織田に頼んできた。それは妻と子を切り捨てる覚悟を決めなければならぬほど、足下が危うくなったからだ」

「ご推察のとおりでございまする。殿も覚悟をなさりました」

本多信俊が降参した。

「大高の土産《みやげ》の礼もある。余としても東を気にしなくてよくなるのは利である」

織田信長が松平との同盟を受け入れた。

二

織田と松平の同盟は成り立ったように見えたが、まだ当主同士の下打ち合わせでしかなかった。織田と松平の因縁は、織田信長と松平元康が幼なじみの縁で消え去るほど甘いものではなかった。

とくに織田との同盟への反発は三河で強かった。

「恨み連なる織田と手を組むなど……」

そもそも松平家の窮乏は、織田信長の父信秀による三河侵攻が原因なのだ。

尾張の虎と呼ばれた信秀は、尾張守護斯波氏の家老、その家臣という、陪臣のさらに陪臣という身分から、実力で戦国大名にまでなりあがった英傑である。それだけに領土拡張の野心は強く、尾張に隣接する美濃、三河へ手を伸ばそうとしていた。

三河にとって不幸だったのは、美濃に斎藤道三という梟雄がいたことであった。尾張に比べて稔りのいい美濃《みの》を欲しがった織田信秀の侵攻を斎藤道三は見事に退けた。その反動が三河に向かった。さらに織田の攻勢をしのいでいた当主松平清康が、味方の裏切りで刺殺されてしまうという不幸も重なり、ついに松平家は独立するだけの力を失い、今川へすがることになった。

血で血を洗う乱世で独立を失う。この辛さを松平家の家臣たちは嫌というほど味わってきた。

ようやく、その足かせが取れたところへ、仇敵《きゅうてき》との同盟である。

現状を打開するにはそれしかないとはわかっていても、感情が納得しなかった。

「今川の次に織田の尻を舐《な》めるなど御免こうむりまする」

家臣たちが苦情を申し立て、同盟に向けての打ち合わせさえ進められなかった。

「妻と子をあきらめたのじゃ。それで堪忍してくれい」

だが膠着《こうちゃく》は元康の一言で終わった。

松平元康の覚悟はたちまち三河中に広がり、数日を経ずして駿府へと届いた。

「今川のお陰で生き延びてこられた恩を忘れおって」

家督を継いで一年、亡父の官名を継いだ今川治部大輔氏真が憤った。

「翻意させて参れ」

今川氏真が、元康の正室瀬名の父、関口刑部少輔親永へ厳しく言いつけた。

「身命を賭して」

蒼白な顔色で関口親永が引き受けた。

関口親永は今川家の一門瀬名家の出で、やはり一族の関口家へ養子に入った。今川義元と一歳違いで幼いころから交流があり、その妹を正室として与えられるほど信頼されていた。

「今川を、駿府を、揺るがしてはならぬ」

桶狭間での負け戦を機に国人領主や土豪が続々と離反していくなか、今川氏の崩壊を食い止めようと奔走していた。

「新しき治部大輔さまは先代に勝るとも劣らぬご器量人である。早計なまねは後悔をまねくぞ」

こう言って家中を引き締めようとしている関口親永にとって、娘婿の元康が今川義元の仇である織田信長と手を組むなど、まさに悪夢でしかなかった。

「とりあえず、駿府へ参れ。身の保証はする」

「親子の対面をしてはどうか。娘の顔は見ておらぬだろう」

何度も関口親永は元康に誘いをかけた。

「娘か……」

元康が揺らぎかけたのは、桶狭間の合戦の一カ月後に生まれた長女のことを言われたからであった。今川義元が死んで以降、駿府へ足を踏み入れていない元康は、長女の顔を見たことがなかった。

「未練である」

妻と嫡男を切り捨てると決めたのだ。今更、揺らぐわけにはいかなかった。

織田信長と松平元康の同盟は永禄四年九月に双方が誓紙を交わすことで成立した。

「一度、清洲に来い。久闊《きゅうかつ》を叙しようぞとの言伝《ことづて》も預かって参った」

仲介の使者となった水野信元が織田信長の言葉を伝えた。

水野信元は元康の母於大の方の兄である。

もとは松平家とともに今川家に仕えていたが、水野信元が織田信秀の勧誘に応じて寝返ったことで敵対関係になっていた。

「いずれ、機を見て」

織田信長が保証するならば、命の心配はしなくていい。もし、織田信長の意に反して、家臣の誰かが元康を襲おうものなら、本人はもとより一族郎党までなで斬りにする。

とはいえ、三河から清洲までは馬を駆れば二日で行けるが、岡崎を空ける余裕など今の元康にはなかった。

三河と尾張が組んだ。これで織田信長は後顧の憂いなく、美濃や伊勢の攻略に出られる。もちろん、元康も長年敵対してきた織田を味方にしたのだ。今後は全力で領内をまとめ、遠江へ手を伸ばす準備に入れる。

松平、織田の安堵は、今川の恐怖であった。

「吉良左兵衛佐《さひょうえのすけ》さま、松平蔵人佐に降伏」

同盟の誓書交換を待っていた元康は、西三河に残った今川方の拠点、吉良左兵衛佐義昭《よしあきら》の居城東条《とうじょう》城を攻め、陥落させた。

「なにをしておる」

武田信玄との関係も悪化、上杉謙信《けんしん》と対峙《たいじ》している北条氏の援助も望めない。今川氏真は顔色を変えて、元康の説得を任せていた関口親永に当たった。

「去就さだかならず。死をもって潔白を明らかにせよ」

責められてもどうしようもない。打つ手を失った関口親永に今川氏真が疑心を持ち、ついに切腹を命じた。

「……殿」

本多信俊、酒井忠次らが松平元康を気遣った。

「決意の結果である。舅《しゅうと》どのの死を無駄にはせぬぞ」

元康は、岳父関口親永の死を受け止めると、家臣たちを前に告げた。

「亡父の信じた一門の部将まで疑う。今川治部大輔に主君たる器量はない」

声高に今川治部大輔氏真を非難した元康は、その勢いをかって宣言をした。

「今日より元康の元を捨て、家康と名乗りを変える」

元康の元は今川義元から偏諱として与えられたものであった。偏諱は一族などは別にして、武家の場合主従関係を表すものとされていた。

つまり今川義元の元を偏諱として受け取った元康は、その家臣だと自他共に認めていたことになる。

その偏諱を元康は捨てた。

「亡父の名まで汚すか」

偏諱を捨てられるというのは、家臣に見限られた証である。つまり、今川は松平家康が仕えるべき主家として不足であると天下に公表したも同然であり、氏真になってからのこれは、氏真の器量が義元に遠く及ばないと、家康が世間に報せたことともいえた。

一応、血のつながりはないが、家康と今川氏真は義理の兄弟になる。兄弟にまで見放された武将と、今川氏真の評判は地に墜ち、ますます離反する者が増えた。

「三河を、松平を攻める」

今川氏真が顔色を変えて喚《わめ》いたが、今それをするだけの余力はない。

「瀬名と嫡男竹千代らを使って、松平の矛先が駿府へ向かないよう抑えるしかない」

従属させていた松平にさえ、今川は怯えるしかないところまで追い詰められていた。

今川家との決別を明確にした松平家康は、三河一国の支配を確実なものにするため、かねてより三河に残されていた今川の拠点を攻略していた。

そのなかに今川家にとって譜代の重臣であり、一族でもある鵜殿氏の籠もる三河上《かみ》之郷《のごう》城もあった。

永禄五年（一五六二）、三河上之郷城は激戦の末陥落、城主鵜殿長門守長照は討ち死に、その子氏長《うじなが》、氏次《うじつぐ》が捕縛された。

「これで正室さまとお子さま方を」

本多信俊が喜んだ。

「すなおに交換に応じるだろうか」

家康が危惧した。

「まずは使者を出しましょうぞ。相手の反応を見てからでも、次の手は打てまする」

「であるな」

本多信俊の勧めを家康は受け入れた。

「こちらに捕らえおいたる鵜殿兄弟と、証人として預けおいてある吾が正室、子供たちを交換いたしたい」

家康は家臣をやって今川氏真と交渉させた。

「おのれ、おのれ、おのれ、松平の盗人《ぬすっと》が」

今川氏真が憤慨した。松平家にとって三河は取り返しただけであるが、今川からみれば義元の死に乗じて掠《かす》め取った押領《おうりょう》でしかない。

「松平の使者なぞ、叩き出せ」

「いけませぬ」

怒りのあまり交換を拒もうとした今川氏真を家臣が宥めた。

「今、お身内を見捨てられるのは……」

義元の討ち死に以降、今川は衰退を続けている。なかでも関口親永を疑って死なせるなど、今川氏真の器量が疑われたことで、大きくなった家臣たちの離反が問題であった。そんなときに一門で譜代の鵜殿兄弟を見捨てるのは、まずかった。

「鵜殿でさえ捨てられるならば……」

より家中の離散が激しくなる。

「わかった。好きにせい」

苦い顔で今川氏真が人質の交換に応じた。

三

足かけ三年ぶりの夫婦再会は殺伐としたものであった。

「よくぞ参った」

松平家康が瀬名を岡崎城御殿、御座《ござ》の間で待っていた。

家康の妻となりながら、一度として瀬名は岡崎城を訪れたことはない。その状況で家康は瀬名へ、よくぞ戻ったとはとても言えなかった。

「よくも言えたものよ。白々しい」

瀬名が怒りを口にした。

「岳父の仇を討つどころか、手を結ぶなど……今川から受けた恩恵を忘れたか」

冷たい目で瀬名が家康を睨《にら》んだ。

「恩恵というか。あれを」

家康が額に筋を浮かべた。

「吾を駒のように扱い、領土からあがる年貢を搾取し、家臣どもを使い捨ての盾として戦場へ駆り出す。これが恩恵だと」

「お陰で織田に喰い尽くされずにすんだであろうが。今川の庇護なくして、松平など一日も生き残れなかったわ」

怒る家康に瀬名が言い返した。

「………」

今川の後ろ盾があるということで、松平が織田の侵略を防げたのは確かである。とはいえ、それに十分値するだけのものを今川は松平から奪っている。

家康は瀬名と議論する気をなくした。

そもそも被害者と加害者は、どこまでいっても理解し合えないものなのだ。ましてや、互いが被害者だと言い張っている状況で、折り合いがつくはずはなかった。

「今、館を用意しておる。完成したらそちらに住むがよい。それまでは寺住まいじゃ。身の回りの世話をする者どもも用意してある」

瀬名の処遇を家康は淡々と告げた。

「ただし、館から出向くときは吾の許しを得よ。書状もあらためる。出ていけ」

返事も聞かず、家康は瀬名を自室から追い払った。

早々に妻との再会を終わらせた松平家康は、その足で吾が子二人のもとへ向かった。

「待たせたの」

家康は乳母《めのと》に伴われた嫡男竹千代と長女亀《かめ》の待つ座敷へ入った。

「父上さま」

「………」

下座にいた竹千代が頭を下げ、それをまねて亀も手を突いた。

「大きくなったの」

家康が竹千代をしげしげと見つめた。

今川方の将として家康が、織田との戦に出向いた永禄三年（一五六〇）五月以来の再会になる。

永禄二年（一五五九）三月生まれの竹千代は、当時一歳になったばかりであり、ようやく立つことができるようになったところであった。亀にいたっては生まれてさえいない。亀は家康を知らない男と感じ、怯えていた。

「亀は初めてか。そなたの父じゃ」

「父《てて》……」

やっと三歳になろうかという亀がつたない口調で繰り返した。

「そうじゃ。吾がそなたの父である」

もう一度家康が念を入れた。

「今まで離れていたが、これよりは一緒である。ここがそなたらの新しい家である」

「はい」

「…………」

四歳になる竹千代は理解できているようであったが、亀はまだ戸惑っている。

「急な話で驚いたであろう。しばらくは好きに過ごすがよい」

子供たちをねぎらった後、家康は乳母たちへと顔を向けた。

「そなたたちは、今後松平を主とする。今までのような気でおるようならば……」

「ひっ」

家康の殺気にあてられた乳母が小さな悲鳴をあげた。

岡崎へ妻子を引き取った松平家康に、側室を勧める家中の者が増えた。

今川から離れると宣言したときから、娘を家康のもとへあげようとする家臣はいた。

「女一通りのことは仕込んでございまする」

「我が家は松平の血筋を引いておりまして」

娘が松平家の当主家康の側室になれば、家中における影響力は増す。もし、その娘が男子でも産めば、松平家の跡取りになる可能性もある。

正室を駿府に置いたままの家康も若い男であり、男色の気も薄い。当然、有り余った精気を持て余すことになる。そこへ見目麗しき若い女をあてがえば、たちまち手を出すだろうと考えるのも無理はなかった。

「不要じゃ」

それを家康は拒み続けた。家康も性欲がないわけではないが、子をなすために強要され続けたことで閨ごとへの忌避を持ってしまっていた。

そんな家康の態度で下火になっていた側室の話が、瀬名を岡崎に迎えたことで再燃した。それは、家康が瀬名を閨に近づけなかったためであった。

「今川の血筋は、意味がなくなった」

家康が瀬名のもとへ行かないことで、あらためて家中の者は理解した。

正室は家と家のかかわりで迎えるのが戦国大名の決まりごとであった。婚姻を通じて同盟を結び、手を携えて乱世を生き延びる。

その約束を果たすのが、正室との間に生まれた両家の血を引く男子であった。

しかし、松平は今川と手切れをした。すなわち、正室の価値はなくなり、かならずしも竹千代が跡を継ぐとは限らなくなった。

「今ならば……」

三河から長く離れていた家康である。家中をまとめるため、新しい正室として重臣の娘を迎える可能性が高いと多くの者は判断したのだ。

松平家康は側室問題をより厭《いと》った。

「そのような場合ではない。まずは生き残ることを考えねばならぬ」

家康の拒否をそれでも気にしない者はいる。

「男子お一人ではなにかと困りましょう。是非とも新たなお血筋を」

「……考えておく」

強く迫られた家康は、いずれ折を見てと逃げた。

「殿、いかがなさるおつもりでございましょうや。いつまでも中途半端ではおられませぬぞ」

そんな家康に本多信俊が意見した。

「なにが中途半端だと」

「竹千代さまのことでございまする」

「うっ……」

言い返そうとして痛いところを突かれた家康が呻いた。

「一日一度朝の挨拶を受けられるだけで、後はまったくお会いになられない。あれでは、家中に要らぬ不信を招くだけでございまする」

「不信……か」

言われた家康が苦い顔をした。

「跡継ぎになさるのか、なさらぬのか。なさらぬのならば、さっさと側室を迎えて、男子を産ませていただきたい」

側近として駿府へ人質として出されたときも供をした本多信俊である。家康にも遠慮はなかった。

「……わからぬのだ。どうしても竹千代の向こうに瀬名を、今川を見てしまう。竹千代になんの罪もないとわかっておるのだが、愛おしいという想いが……湧かぬ」

家康が苦渋に満ちた顔をした。

「いたしかたなきかな。駿府ではあまりにもお辛かった。罪なしとおわかりならば、これ以上は申しませぬ。ただときをおかけくださいませ。早急なまねはお慎みくださいますよう」

「そうする」

心情を理解した本多信俊の進言に家康はうなずいた。

人質交換の交渉をしながら、松平家康は京の朝廷へとさらなる一手を打っていた。

「なにとぞ松平蔵人佐家康に三河守の官を」

金を持たせた使者を京へと出した。

「世良田源氏に三河守の先例なし」

当初、朝廷の返答はつれないものであった。

松平はかなり前から新田氏支流世良田源氏を名乗っていたが、それが足かせになっていた。

三河守は朝廷が認めた三河の国主になる。三河国において年貢を取り立て、令を発し、刑を執行できる。いわば、三河は家康のものだと天下に認めさせる最大の方法であった。

「なにとぞ」

家康は朝廷第一の実力者近衛《このえ》関白前久《さきひさ》を頼った。

「源氏があかんねんやったら、藤原《ふじわら》に改姓すればええ」

近衛前久が公家らしい策を提案した。

「世良田の系譜には徳川という末葉があるようじゃ。そして藤原の末席に得川《とくがわ》というのもおじゃるでの。そこを利用すればよい。近衛と近江《このえ》のようなもの。音が等しければ、そう聞き間違えても不思議ではないやろ」

近衛前久の言葉に家康は乗った。

「得川三河守藤原朝臣《あそん》家康である」

家康は三河守を名乗る手立てを得た。

ここまで三河守にこだわったのは、今川義元が桶狭間へ臨む前、朝廷に金を積んで三河守となっていたからであった。

今川に三河守が下された。これは前例であり、望めば今川氏真も三河守となることができる。朝廷が認め、幕府が許したとなれば、三河国の支配者は今川氏真になってしまう。そうなれば、家康が謀叛人と誹《そし》られ、ようやく取り返した三河国が、また混乱に陥る。

三河守となった家康が安堵の息を吐いた。

織田との提携、三河守任官と順風満帆に近い状況が、得川家康を図に乗らせた。

「三河一国、吾が手にあり」

家康が豪語に、まず重臣の酒井将監忠尚《しょうげんただなお》が叛乱を起こした。

「東三河は古来酒井家のものである。松平の小倅がなにを言う」

居城三河上野《うえの》城へ立て籠もった酒井忠尚が気炎をあげた。

酒井忠尚は、三河が今川家の勢力下にあったとき、松平と同列の扱いを受けていたこともある。義元の死で勢力を落とした今川を見限り、家康と手を組んではいたが同盟であり、臣下になったつもりはなかった。

「許すまじ」

調子づいていた家康はただちに兵を率いて上野城を攻撃した。

三河上野城は小さな城であるが、矢作《やはぎ》川に続く湿地を堀代わりに、碧海《へきかい》台地を背にして難攻不落であった。

ひともみに攻め落とすつもりだった家康は、予想外の抵抗に苛立《いらだ》ち、長引いたことで不足した兵糧を付近の村から徴発した。

「ここは本證寺《ほんしょうじ》の寺領である」

三河一向宗の中心とされる本證寺は、家康の父広忠から守護不入の特権を得ていた。寺領、寺域で起こった犯罪、寺領での年貢の徴収、賦役の負担などを免除するという守護不入の特権を盾に本證寺が猛抗議をしてきた。

「謀叛人たる酒井将監の討伐を手伝わぬとは、さてはおまえたちも一党だな」

頭に血がのぼっていた家康は、本證寺の使者を斬りはしなかったが、手荒く追い返した。

「門徒の衆よ。すべてを捨てて、仏敵得川三河守を慴伏《しょうふく》させよ」

一向宗本願寺第八世蓮如《れんにょ》の孫にあたる本證寺の住持空誓《くうせい》が、国中に檄《げき》を発した。

四

本證寺の空誓上人の呼びかけに応じたのは、百姓ばかりではなかった。

「お手向かいつかまつる」

松平家の家臣たちまで、一向宗に呼応してしまったのだ。

永禄六年(一五六三)夏、三河に、松平の家中に、大嵐が吹いた。

「なぜだ……」

櫛《くし》の歯が抜けるように去っていく家臣たちに得川家康は呆然となった。

織田、今川と長い人質生活を経験し、逆境に強いはずの家康が、気を落としたのも無理はなかった。

「まさか、弥八郎まで……」

家康が絶句した。

桶狭間の合戦で大怪我を負いながらも、家康の施政を助ける知恵袋として活躍してくれた本多弥八郎正信、その弟の三弥正重《まさしげ》、槍の半蔵《はんぞう》として武名でならした渡辺《わたなべ》半蔵守綱《もりつな》、同じく戦上手で聞こえた蜂屋《はちや》貞次《さだつぐ》ら、家康に近い者たちの多くが一揆勢に加わったのだ。

「どうすればいい」

祖父清康から三代にわたって仕える内藤清長《ないとうきよなが》まで敵に回った事実に、家康が崩れ落ちた。

「大事ございませぬぞ。我ら、死しても殿をお守りいたしまする」

本多信俊が家康を励ました。

他にも熱心な一向衆徒であった西三河の名門石川一族の家成《いえなり》が、母同士が姉妹で従兄弟《いとこ》にあたる縁をもって家康についた。それに人質時代からの側近石川数正も倣い、改宗して従った。

「西三河のすべてを敵にせずともすんだ」

ようやく安堵をした家康は、手勢を二つに分け、一つで三河上野城の酒井忠尚を押さえ、もう一つで一揆勢を攻め立てた。

「殿には刃を向けられぬ」

一揆に参加しておきながら、合戦場で家康を見つけると逃げ出す者や、叛旗を翻しながら攻めに出ず、ただ籠城するだけの家臣もいるなど、一揆勢の足並みがそろわなかったことも家康を助けた。

「仏敵を許すな」

業を煮やした空誓上人の指示で土呂《とろ》、針崎《はりさき》の一揆衆が、永禄七年（一五六四）一月十五日に数を頼んで出陣した。

「ここが切所である。者ども、ひるむな。近き一族といえども、一揆に参加した以上は、松平に背いた謀叛人である。情け容赦なく討ち果たせ」

岡崎城の東南、小豆坂《あずきざか》を戦場に選んだ得川家康は、留守居勢まで引き連れ、決戦の構えを取った。

「竹千代、父になにかあれば、そなたがこの城を守るのだ」

甲冑《かっちゅう》姿の家康が部屋へ入るなり竹千代に命じた。

家康は残っている者たちの心柱《しんばしら》となり、後顧の憂いなく戦えるように竹千代を後継として扱うようにした。

「……はい」

その異様な雰囲気に呑まれながらも、竹千代はうなずいた。

「それでこそ、武将の子である」

家康が竹千代を抱きあげた。

「痛《いと》うございまする」

明けて六歳になった竹千代が、甲冑の角が当たったことで文句を言った。

「そうか。痛いか」

笑いながら家康が竹千代を下ろした。

「よし、出陣である」

家康はその足で小豆坂へ向かった。

「殿よ、いかがでござったか」

「跡継ぎがおるというのは、よいものだな。まだまだ竹千代は子供だが、後事を託せるという気になる。これが血のつながりというものか」

馬を並べながら問うた本多信俊に、家康が応じた。

「それはなによりでございました」

本多信俊が笑った。

「勝つ」

家康の覚悟は家臣たちにも伝わり、小豆坂での勝利につながった。

小豆坂の戦いに勝利した得川家康は、その余勢を駆って馬頭原《ばとうがはら》でも一揆勢を一蹴、情勢を有利に持ちこんだ。

「このまま一気に……」

「お待ちあれ」

三河の国における一向宗をこの機に一掃しようとした家康を酒井忠次が止めた。

「追い詰めると、より頑《かたく》なになりましょう。ここは殿のご寛容をもって本證寺と和睦をなさいませ」

「勝っておるのだぞ。なぜ、こちらから和睦を申し出ねばならぬ」

一向一揆によって、家中をぼろぼろにされた家康が不満を露わにした。

「何卒《なにとぞ》、一向一揆に加担した者たちの帰参をお許しくださいませ。長年、お家のために働いた者どもでございまする。あの者どもにもう一度、殿にお仕えする場をお与えくだされ」

酒井忠次が懇願した。

一門である酒井忠尚が一向一揆と合わせるように寝返ったことからもわかるように、酒井一族はその多くが一向衆徒であった。

酒井は今川氏から特別扱いを受けるほどの三河の名門で、家康に取って代わるだけの実力を持っていた。

しかし、今川家の没落によって後ろ盾を失い、一族のほとんどは家康の配下としてその支配を受け入れている。とはいえ、松平の家中での勢威は強く、まさに筆頭重臣であった。だが、このままでは、家康に逆らった一門は討ち滅ぼされ、酒井はその力を大きく損じる。

「吾もあえて家臣どもを誅したいわけではない」

国を二分しての戦いはどちらが勝ってもその力を減ずる。衰退しているとはいえ、今川と争っている最中に家臣を減らすのはまずい。

両者の利害が一致し、家康は酒井忠次の意見を採用し、本證寺との和睦仲介を母方の伯父《おじ》水野信元に依頼した。

なんとか三河一向一揆を抑えこんだ得川家康のもとに、織田信長の家臣林《はやし》秀貞《ひでさだ》が訪れた。

「このたびのご難儀、心からお慰みを申しあげるとのことでございまする」

まず織田信長の言葉を伝えた林秀貞が、用件に入った。

「めでたく織田と得川が手を携えるにおいて、より両家の絆を強くするため、貴家のご嫡男さまにこちらの姫を娶《めあわ》せてはいかがかと」

「竹千代に……」

「おごとく姫を」

家康の後に林秀貞が続けた。

「失礼だが、おごとく姫さまとは」

織田信長が子だくさんなのは知っていたが、嫡男の奇妙丸《きみょうまる》以外はあまりわかっていない。家康が、どのような出自かを問うた。

「おごとく姫は、永禄二年十月の生まれで……」

「ほう、竹千代と同歳じゃな」

家康がうなずいた。

「ご生母は生駒《いこま》の方でございまする」

「おおっ、奇妙丸どのと同母にあたるか」

林秀貞の答えに家康が感心した。

織田信長は正室として美濃の国主であった斎藤道三の娘を迎えているが、二人の間に子供はなかった。代わりに織田信長は、木曽川《きそ》など尾張、美濃を流れる川の水運を利用した商売で名を馳《は》せた生駒家の娘を側室としており、男二人、女一人を産ませていた。

正室に子供がない今、織田家の世継ぎは奇妙丸である。その世継ぎと同母となれば、織田家の正統として、大きな価値がおごとく姫にはあった。ここに家康は織田信長の本気を見た。

家康も大名家の当主である。

かつて家康と瀬名との婚姻が今川義元によって決められたように、息子や娘の婚姻相手を、家のためになるという観点で家康は選ばなければならなかった。

一向一揆は鎮圧できたとはいえ、離反した家臣の問題もある。さらに国を把握した後は、遠江へ手を伸ばすつもりでいる。

となれば背中を預けられる味方こそ、重要であった。

ましてや、今回の婚姻は得川家康の娘を尾張に出すのではなく、織田信長の娘が三河へ来るのだ。いわば、織田の人質を預かるようなものである。それこそおごとく姫に無体や命の危険でも迫らない限り、得川が損をすることはなかった。

「喜んでお受けしよう」

「それは重畳。主も喜びましょう」

機嫌良く肯定した家康を見て、林秀貞が役目をまっとうしたと満足げに帰っていった。

しかし、家康の上機嫌は半日も持たなかった。

「なぜ、竹千代の妻に織田の娘などを迎えねばなりませぬや。織田は妾《わらわ》の父、竹千代にとっては祖父にあたる治部大輔さまの仇でございますぞ」

城中の噂を耳にした瀬名が、家康のもとへと苦情を言い立てに来た。

「家のためじゃ」

家康がうるさそうに瀬名に告げた。

「ため……織田と結ぶことが」

瀬名があきれた。

「松平の役目は、今川の盾となって織田を防ぐこと、そして矛となって西へ進むこと。それこそが松平の役目」

「いつまで今川を拝んでおる」

家康が瀬名を叱った。

「すでに今川は滅びの道にある。その末期に付き合えと申すか、そなたは」

「そのための妾じゃ。でなくばたかが松平ごときに嫁しはせぬ」

現状を理解しろと言った家康に、瀬名が過去の栄光で抵抗した。

「……下がれ」

一気に醒《さ》めた家康が冷たく命じた。

家康の嫡男竹千代と織田信長のおごとく姫との婚約がなり、より両家の絆は強くなった。

そして三河一向一揆で家康に牙剝いた者どものほとんどが帰参、三河はようやく落ち着きを取り戻した。

不幸中の幸いだったのは、三河で勢力を持っていた家臣たちが一向一揆の敗退で、家康に降伏、忠誠を誓ったことで家中の不和が消えた。

さらに得川と名前をいじくってまで欲した従五位下《じゅごいのげ》三河守が、正親町天皇より正式なものとして認められた。すでに近衛前久と叙任を請け合うとの密約を交わしており、今川への牽制で三河守を僭称していたが、それへの裏付けが得られた。

「得川を先祖の姓徳川に戻す。今後徳川三河守家康と名乗る」

永禄九年（一五六六）、徳川と名乗りを変えた家康は本姓も藤原から、源氏へと戻した。

まさに勝手な行動であったが、やはり武家は源氏であるほうがなにかと便利であった。

「めでたきかな」

家康の改名に織田信長が祝意を示した。

織田信長も家康に先だって、藤原氏から桓武《かんむ》平氏へと改姓していた。

これは源平は交代するという、武家の間に根付いている考えによった。

源平が登場してから、平清盛《たいらのきよもり》の平氏、源頼朝の源氏、執権北条氏の平氏、足利尊《たか》氏《うじ》の源氏と交互に天下を治めてきたと考えてのものである。

つまり今の足利幕府を倒して、天下を取ると宣言した織田信長にとって、源氏を称した家康は敵でなくなったことになる。

「慶事は重ねるべきであろ。若き夫婦もよろしかろうず」

織田信長の一言で、竹千代とおごとく姫の婚姻が早まった。

おごとく姫の輿入れを急いだのは、この永禄九年閏《うるう》八月、織田が美濃への侵攻を企てたからであった。しかし織田信長は、木曽川の増水に遭い、進退窮まった。そこへ道三の孫である斎藤龍興《たつおき》が襲いかかり、織田方は相当な被害を出し、敗走した。

「大雨の時期に川ごえをするなど愚かな」

「今川を討ち取ったと言っておったが、一時の僥倖《ぎょうこう》、しょせん窮鼠《きゅうそ》猫を嚙むであったようじゃ。織田の武は恐れるに足りぬ」

斎藤側は、散々に織田信長を嘲弄、信長の武名は地に墜ちた。

「おのれ、斎藤」

覇気溢れる織田信長にとって、辛抱できない状況であり、なんとしてでも恥を雪《すす》がねばならない。

「慶事をもって、凶事を払う」

織田信長がおごとく姫の輿入れを急いだのは、そこに起因していた。

「天下に見せつけてくれようぞ」

永禄十年（一五六七）五月、織田信長は多数の長持ちを持たせて、おごとく姫を尾張から送り出した。

「おごとくに傷一つ負わせるな」

斎藤との敗戦でぐらつきかけた織田の威信を尾張の国人領主たちに見せつける目的も兼ねて、織田信長は嫁入り行列に千人をこえる将兵をつけ、大弓、鉄炮《てっぽう》を並べ立てた。

「……お待ち申しておりました」

いかに同盟を結んだ国同士の婚姻とはいえ、戦国乱世で無防備に信用することはできない。

鉄炮や大弓まで携えた軍勢に国境をこえさせるわけにはいかなかった。

「これよりは当家が」

尾張と三河の国境で、嫁入り行列の警固は徳川家の責任に替わる。家康の名代として出た酒井忠次は織田家の威風に押されながら、おごとく姫を受け取った。

「差がありすぎる」

岡崎へ戻りながら、酒井忠次が呟いた。

尾張の国力と三河の国力には、さほどの差はないはずであった。

実際、石高では尾張が優《まさ》ってはいるが、それほど大きな差はなかった。どころか、兵の強さではあきらかに三河が上であった。

「尾張兵三人で三河兵一人、尾張兵五人で武田兵一人」

武田方からそこまで言われるほど、尾張の兵は弱いとされていた。

これは尾張の物成りがよいため、喰うに困らないからであった。

物成りには田畑の稔り以外に、海の恵み、商いの盛んさなどいろいろなものが含まれた。

尾張は米の収穫も多いうえに、伊勢湾を中心とした交易の重要な拠点である津島湊、材木の良好な供給源の木曽を抱えている。

武将を支える米の取れ高と、現実の国力は大きく違っている。

嫁入り道具の多さもさることながら、ようやく最近三河や尾張に出回り始めた鉄炮をこれ見よがしに並べ立ててきた。

「うるさいだけで、一度放てば使えない」

「甲冑を射貫く力はすさまじいが、弓矢に比べて高すぎる」

鉄炮の評判はあまりよくない。鉄炮を一挺《ちょう》あつらえるくらいならば、足軽を三人増やしたほうが役に立つと、ほとんどの武将は考えている。つまり、費用と効果が釣り合わない道具という評価が常識のときに、無駄遣いとしか思えないまねができる。

酒井忠次だけでなく徳川家康も、織田信長の財力と、その考えの底知れなさに怖れを抱いた。

「やれ、めでたい」

そのような思いを爪の先ほども見せず、家康は嫡男竹千代とおごとく姫との婚姻を祝った。人質だった己と押しつけられた妻。家康は瀬名との婚姻とは違うと考えた。若い二人の門出ではなく、織田と徳川が切れることのない絆を結んだことに家康は安堵した。

五

婚姻をすませたとあれば、いつまでも幼名というわけにもいかない。

「元服をいたせ」

徳川家康は、嫡男竹千代を一人前の武将とするための儀式の用意を始めた。

武将にとって元服は初陣と並んで重要なものとされる。

加冠とも言われる元服は、戦国乱世であればこそ、しっかりとした手順を踏まなければならなかった。二度と使わない冠を作製し、衣装をあつらえ、さらに宴を催さなければならない。明日どうなるかわからないときに、そのような無駄をするのはどうかと思われるが、これをしなければ、余裕がないと取られてしまう。

もちろん、家の存亡を懸けた戦いなどで、とりあえず元服をさせねばという場合もあるが、今の徳川家は、西を同盟している織田に守られ、東は今川の衰退に助けられ、小康状態にある。

「織田どのへの手前もある」

それこそ、続いている長持ち行列の終わりが見えぬほどの嫁入り道具を、近隣に見せつけながら岡崎城へと運び入れてくれたのだ。

同じまねをすることは無理だが、あるていどの宴を催し、城下の者へ引き出物などを配らなければ、織田との同盟が対等なものではなく、従属だと見られかねない。

「元服すれば、いつ初陣になっても不思議ではない。鎧をあつらえさせよ」

徳川家康が城下の職人に命じて、竹千代の鎧を作らせた。

多少は紐《ひも》などで調節できるとはいえ、使わない鎧を育ち盛りのころに作るのは無駄であった。

「費用はいくらかかってもよい。徳川家の嫡男にふさわしいものをな」

松平から徳川へと名乗りを変えて初めての継嗣お披露目も兼ねて、派手にいたせと家康は宣した。

竹千代の元服は、徳川家だけの慶事ではなかった。

「吾が婿の祝いとなれば、行かずばなるまい」

織田信長が参加を表明した。

「…………」

徳川家康が絶句した。

ようやく三河一向一揆を抑えこみ、謀叛した家臣たちを慰撫《いぶ》している最中なのだ。そんなところに織田信長が来るのは危険であった。

信長の父信秀の代に何度も侵略を受けた恨みは、同盟を結んだことで薄くなった。昨日の敵は今日の友ではないが、生き残っていくには恨みを水に流さなければならない。今、織田と決別しては、徳川は独立を保つことが難しい。

昔に戻って、今川に助けてもらおうにも、その今川にかつての力はなく、今や武田の侵略を受けそうになっている。

わかってはいるが、恨みは心の問題で、理性で抑えきれなくなるときがある。

「織田どのを討ったのを手柄として、今川へ走る者が出ぬとも限らぬ」

感情ならばまだ納得がいく。妻を、子供を殺された者に恨みを忘れろとは、いかに主君でも言えなかった。

それに比して、勘定で織田信長を討つ者は質《たち》が悪い。

「一向一揆が終わっても、帰参せぬ者はおる」

家康が苦い顔をした。

主従は三世の縁というが、神仏は永遠の縁を約束する。生きていくための禄を支給してくれているのが誰かさえ、忘れさせるのだ。そういった連中がまだ何人か残っている。

「徳川を潰すのに織田を使う……弥八郎なら考えつく」

桶狭間の後処理について相談した本多弥八郎正信が、逃げたままなのを家康は特に危惧していた。

織田信長の安全を徳川家康は確保しなければならない。

かといって家臣全員で織田信長を警固するわけにはいかなかった。

「他家の力を借りずとも、己の身くらい守れるわ」

幼いころの交流で、家康は織田信長の気性をよくわかっている。

「見栄を張られる」

過重な警固は織田信長の機嫌を損ね、より面倒になる。

「両家は婚姻で一門となった。また、竹千代の烏帽子《えぼし》親にもなるのだ。烏帽子親は親も同然、二重の縁で結ばれた織田と徳川じゃ。なんの遠慮が要るものか」

そう言って、織田信長は岡崎の城下を常着でうろつきかねないのだ。

「どうしたらよいか」

家康は頭を抱えた。

しかし、ときは無情に過ぎ、元服の日が来た。

吉事は午前中にすませるのが慣例である。だからといって、あまり早いと織田信長が行事に間に合わない。

いくら同盟を結んでいるとはいえ、居城に他国の大名を泊まらせるのは非常識であった。

城はまさに大名の命である。来客として宴席に参加するくらいならば、門から大広間と厠《かわや》くらいしか見ることはできないが、泊まるとなれば話は変わる。織田信長だけでなく、その家臣たちも迎え入れることになるだけに、隠しきれないところも出てくる。

ただし、これは徳川家としての理由である。織田家が泊まりたくない理由は別にあった。どれほど警固を厚くしても、徳川家の家臣の数には敵《かな》わない。もし、徳川家が織田信長を殺そうとすれば、城中では逃げ出すこともできないため、無防備になる宿泊は避けて当然であった。

　早朝に尾張を出た織田信長の到着をもって、竹千代の元服の儀は始められた。

「…………」

　緊張で固くなっている竹千代に冠がかぶせられ、垂れた紙縒《こよ》りが副役《そえやく》の手で、顎の下で結ばれる。

「お鋏《はさみ》を」

　副役が床几に腰掛けている織田信長に合図を出した。

「うむ」

　鷹揚にうなずいた織田信長が立ちあがり、竹千代の左側に立った。

「動くでないぞ」

　一言断った織田信長が副役の差し出した鋏で、結び目の余りを断ちきった。

　こうすることで冠を解き外すことができなくなり、もう子供には戻れないことを示す。

「めでたきかな」

　見届け人となった織田の重臣林秀貞が声を張りあげ、一同が唱和した。

「竹千代の名は、今までじゃ。これより松平次郎三郎と名乗るがよい」

　先祖の世良田次郎三郎と同じ名乗りは許すが、姓は松平のままでいけと徳川家康が告げた。徳川の名は己一人のものだと家康は宣したのだ。

「ほう、なぜ徳川ではないのだ。嫡男の名字が違うのはおかしかろう」

織田信長が家康の宣言に口を挟んだ。

「まさか、跡取りは別におると申すのではなかろうな」

娘を嫁に出したのは、竹千代が惣領息子で、いずれは家康の遺したものすべてを継承するからであり、でなければ縁を結びはしなかったと織田信長が怒りを見せた。

「徳川の名跡は、わたくしが一代で得たもの。三河の地に馴染《なじ》みもございませぬ。ですが松平は地の名門。徳川になにがあっても、大事ないように残しておくべきかと」

家康が言いわけをした。

徳川家康の瞳を織田信長が見つめた。家康も目を逸《そ》らすことなく応じた。

両家の家臣の間も緊迫した。

「そうか。いずれ譲るのであるならばよし」

しばらくして織田信長が家康の言い分を認めた。

「次郎三郎、吾が偏諱を与える。そなたの名は信康じゃ」

織田信長が烏帽子親として、諱を決めた。

「かたじけのうございまする」

竹千代あらため、次郎三郎信康が深く頭を垂れた。

「信康よ」

織田信長が信康に声をかけた。

諱を呼んでいいのは主君と当主、そして親だけである。格上であろうが、同僚であろうが、諱を呼ぶというのは、最大の無礼で、斬りつけられても文句は言えない。信康の舅であり、烏帽子親にもなった織田信長は、家康と同じ扱いになる。

「期待しておるぞ」

「はい」

織田信長から肩を叩かれてうれしそうな信康に、家康は複雑な思いを抱いた。

「なんともめでたいわ」

もう一度織田信長が信康に話しかけた。

「前髪を落とせば、立派な男である」

織田信長が信康の目を見つめた。

「男には、武家の男には二つの役目がある」

「二つでございまするか」

信康が興奮しているとわかるような弾んだ声で訊いた。

「ああ。一つは名をあげて家を興すことじゃ」

「名をあげる……」

背伸びをしたがる歳頃の信康にとって、それは大きな魅力であった。

「周囲を平らげ、領土を増やし、天下に徳川信康ここにありと示すのだ」

「やりまする」

織田信長の言葉に信康が興奮した。

わざと徳川信康と言った織田信長の意図は、信康以外は継嗣として認めないというものであると家康は気づいた。

六

婚姻の儀と元服の儀を終え、幼名の竹千代を松平次郎三郎信康へと変えたとはいえ、まだ九歳でしかない。

「今は学べ」

徳川三河守家康は、息子の教育を家臣たちに委託した。

家のためならば、親であろうが、妻であろうが、子であろうが切り捨てなければならない。

いざというとき、情が絡んでは困るため、武将は親子で共に過ごさないという慣例に従ったといえるが、そのじつ、息子の相手をしているだけの余裕が、家康にはなかった。

ようやく安定させた三河一国から、未だ今川の支配下にある遠江へと侵攻しようとしていたからであった。

いや、それだけではなかった。

織田信長との同盟に応じての援軍派遣や、今川家の所領をどちらが先に食いちぎるかという北条氏との競争など、それこそ家康は落ち着く暇もなかった。

とくに織田信長が、十五代足利将軍にすべく、越前に逃げていた義昭《よしあき》を奉じて京へ進軍したときには、一族の松平信一《のぶかず》に多くの兵を預けて随伴させた。

「上総介どのは、天下を狙われるというか」

無事に足利義昭が将軍に任じられたとの報を聞いた家康が苦い顔をした。

尾張一国の大名でさえなかった織田家は、信長の登場で版図を広げ、美濃一国、伊勢の一部も支配している。

そこにこのたびの上洛で、近江の六角《ろっかく》氏を追い南近江も手にした。

「吾はまだ遠江さえ押さえきれておらぬ」

日々開いていく織田信長との差に家康が歯がみをした。

「このままでは、まことに織田との同盟が従属に落ちてしまう」

焦った家康のもとへ、武田信玄からの使者が来た。

遠江への侵攻に手こずっていた徳川家康に、永禄十一年（一五六八）冬、武田信玄は今川家の領地分割を持ちかける使者を寄こしたのだ。

「当家が駿河を、貴家が遠江をと、分け合おうではありませぬか」

「では、それ以降の手出しはせぬということでよろしいな」

武田信玄の申し出を徳川家康は疑ってかかった。

その領地のほとんどを山が占め、物成りが悪い甲州を本国とする武田家は、他国への侵略で生きている。隣の家の飯を奪わねば飢えて死ぬとわかっているからか、武田の兵は強い。また、当主武田信玄だけでなく、馬場信春《ばばのぶはる》、山県昌景《やまがたまさかげ》など、一国を支配してもおかしくない器量の将も多くいる。

武田の精強さは天下に知られている。家康が、駿河に続いて遠江へと出兵はしないだろうな、と釘を刺したのも当然のことであった。

「誓って、そのようなことはいたしませぬ」

「ならば」

保証すると武田の使者が言ったことで、家康は了承した。

「よし、これで駿河からの援軍は来ぬ」

東から北条、北から武田に襲われては、とても今川に遠江へ兵を出す余裕などはない。

永禄十一年十二月六日、武田信玄が駿河へ軍を出したと聞いた家康は、全軍をあげて遠江へ侵攻した。

「曳馬城を落とせ」

遠江の西の守りともいうべき曳馬城を家康は攻めた。

桶狭間の合戦で義元が討たれてから始まった今川の内紛で、曳馬城の城主だった飯尾《いのお》連竜《つらたつ》が氏真によって謀殺された経緯もあり、城はあっけなく落ちた。

「この勢いをかって進むぞ」

家康は正月も岡崎へ帰らず、そのまま曳馬城で越年した。

越年の覚悟で遠江へ出向いた徳川家康の留守を、嫡男松平信康が預かっていた。といっても明けて十歳になったばかりで、実質はその傅育役の石川与七郎《よしちろう》数正が、岡崎城代として取り仕切っていた。

「父上はお戻りにならぬのか」

「今が肝心なときでございますれば」

不安そうな信康に石川数正が応じた。

「ようやく吾も元服をすませた。早く初陣を果たしたいのだ」

信康は逸っていた。

妻を娶ろうが、元服をすませようが、武士としてはまだ半人前でしかなかった。武士の男子は、初陣をすませて初めて一人前と見なされる。若君の初陣がことをお考えでございまする」

「落ち着きなされ。しっかりと御当主さまは、若君の初陣がことをお考えでございまする」

不満を口にした信康を石川数正は宥めた。

「ならばなぜ、曳馬城を落とした後、岡崎へお戻りになり、吾とお話しくだされぬ」

信康の言いぶんはもっともであった。

徳川家、いや松平家にとって、今ほどの領土拡大の好機はなかった。

歴代の松平家当主たちが望んでも得られなかった背後の安心を盾に、家康は東へと進出をはかっている。

衰えたりとはいえ、遠江の領主はそのほとんどが今川に仕えており、家康とはもと同僚の間柄になる。その家康が今川の危機を利用して侵略してきたのだ。そうそう簡単に新しい主君として認めるはずもない。

激しい抵抗を受け、それこそ家康は猫の手も借りたいほどなのは自明の理。信康が、家康のために力を発揮したいと考えたのは当然のことであり、十歳でそこに思いがいたったのは、上出来と言うべきであった。

「わかりましてございまする。若殿のご要望を殿にお伝えしてみましょうぞ」

石川数正が家康のもとへ使者を出した。

曳馬城にあって、遠江の攻略を進めている徳川家康は、複雑な思いを抱えていた。

「落ち目になるとこうまで酷《ひど》いのか」

家康の攻勢を、遠江の領主たちは支えきれなかった。いや、抵抗さえできなかった。

もともと遠江は、単体で家康の軍勢に敵わない小領主が多かったというのもある。

しかし、一人一人は小さくとも連携すれば、大軍相手でも多少は支えられる。

だが、それを指図、支援すべき今川氏真が、攻めこんできた武田への対応にあたふたとしてしまい、まったくなにもできていない。

「援軍を……」

当然、すがるような要望を遠江の領主たちは寄親たる今川家に出しているが、本国が危ないのだ。

「武田を追い払うまで耐えよ」

辛抱しろとの返答をもらった者はまだましであった。

「全軍を率いて馳せ参じ、武田を駆逐いたせ」

領地を捨てて今川に尽くせという命《めい》を受け取った者もいる。

「やってられるか」

寄親というのは、寄子《よりこ》に軍役を課す代わりに、いざというときに助ける義務を負う。

「今川など、もう知らぬ」

遠江を代表する井伊谷《いいのや》の領主井伊家の重臣たちが今川に近い者を追い出して家康に家康に帰順したのを始め、浜名《はまな》氏が領地を捨てて駿府へ逃げ出すなど、一年足らずで遠江から今川の色は消えた。

「当主が不慮の死を遂げただけで、家はここまで衰退するのか」

家康は愕然《がくぜん》とした。

人質となっていたとき、家康は今川氏真の姿を何度も見ている。たしかに父義元に比して、雅ごとに淫してはいたが、暗愚というほどではなかった。

海道一の弓取りと讃えられた今川義元の跡継ぎだった氏真は、武将のたしなみとして、弓、剣、槍を一通り学んではいるが、どれもさほどのものではなかった。

そもそも総大将となる大名に武芸は不要であった。いざというときに動けるよう、一定の修練を積む意味はあるが、戦場で総大将が腕を振るう機会はない。

そうなったときには、本陣まで敵兵に入りこまれている。まず戦は負けである。

事実、今川義元は桶狭間で織田信長に本陣を急襲されて、首を獲られている。今川義元は家督相続で兄弟と争い、自ら弓を射て敵を倒すほど武術に優れていたが、数名に囲まれて槍をつけられては勝負にならない。

もし、今川義元がしっかりと本陣の周囲を固めていたら、首を獲られることもなく、桶狭間での戦は負けなかったはずであった。

「なんとしても生きなければならぬ」

家康は版図を次々に広げていきながら、より慎重になっていった。

「若殿さまが、初陣をいたしたいと」

そこへ石川数正の使者が来た。

「初陣か……」

家康は難しい顔をした。

大名の跡継ぎの初陣に負けは許されなかった。勝てぬ武将という汚名が生涯ついて回るからだ。そのため大名の跡継ぎの初陣は、歯牙にもかけぬ小者相手か、形だけの矢合わせで終わる小競り合いていどか、とにかく負けない戦でおこなわれることが普通であり、家康の初陣もそこまで甘くはなかったが、危険な目に遭うこともなく、勝利で終えていた。

「……今はまだ早い」

順調すぎるほどに遠江の攻略は進み、多くの国人たちが家康に頭を垂れている。なれど、この状況は絶対ではない。今川が勢いを取り戻せば、これらの者はまた寝返る心配があった。

家康は、信康の願いを拒んだ。

大名にとって嫡男は大きな意味を持つ。息子が何人、何十人いようが、家を継ぐのは嫡男ただ一人で、残りの者は一門という名の家臣になる。

当たり前のことながら、嫡男とそれ以外の扱いは天と地ほどの差がある。

嫡男に不慮のことがあったときのためにと、継承順位次席となる者は控えとして、少しはましな扱いを受けるが、それでも傅育役の格から、食事、身につけるものまで、目に見える差がつけられた。

なれど徳川家康には、息子が嫡男信康一人しかいない。控えの者さえいない状況で、万一のことがあったときには、大事になる。

家康が信康の初陣に慎重になるのも無理はないと、周囲は納得していた。

「なぜ……」

理解できていないのは当の信康だけであった。

「危ないまねをしないでおくれ」

母の瀬名は、信康の初陣が延びたことを喜んだ。

「あなたは松平の跡継ぎなのですよ。怪我でもしたらどうするのです。待っていればいずれ機が参りますゆえ」

元服の場で織田信長が、信康こそ松平の跡継ぎであると公言したことを、瀬名は歓迎していた。

「仇と思っておりましたが……」

実家として頼れた関口家は、父親永の家康への内通を疑った今川氏真によってすでに滅ぼされてしまい、もうない。

乱世の定めで、いつ親子の別れがくるかも知れないとわかっていても、やはり辛いものは辛い。それも、頼りにしてきた宗家からの仕打ちなのだ。瀬名の心は徐々に今川から離れ、今や信康一人に向けられている。

「織田どのの言うことをよく聞いておくれ」

まさに信康がすべてとなった瀬名にとって、織田信長の言葉のありがたみは、養父今川義元を討ち果たされた恨みさえも凌駕《りょうが》していた。

岡崎城のことを気にはしながらも、徳川家康は着々と遠江を攻略、そのほとんどを手中に収めた。

「ここまでだ」

家康は駿河と遠江の国境で歩みを止め、武田信玄との約束を守った。

「よし、まずは国内を安定させる」

遠江は家康の旗下に入ったとはいえ、まだ心服するまでにはいたっていない。本国三河と遜色ないていどまでに、遠江を押さえなければならなかった。

「合わせて、信康の初陣も今年中にはすませておきたい」

同時に、家康は後継者の育成にも力を注ぐと宣言した。

「三河は信康のものとする。織田どのにあのように言われてしまってはな」

満座のなかでのことだったのだ。今更なかったことにはできない。ならば、信康をしっかりと鍛えあげ、本国の守りを預けられるようにし、己は遠江から、いずれは信濃や駿河、伊豆へと勢力を伸ばしていけばよい。

「背後を織田に預けるか、信康に任せるかだけの違いじゃ」

一年ほどで遠江一国を平定した家康は、大きな自信を得た。

「忙しき歳ではあったが、よき一年でもあった」

今、遠江を離れるわけにはいかないと、正月を曳馬城で迎えた家康に、震撼をもたらす報せが飛びこんできた。

「武田の将、秋山善右衛門尉《あきやまぜんえもんのじょう》が信濃の兵を率いて、我が領土へ侵入して参りましてございまする」

家康に帰属した遠江の国人が早馬を曳馬城へと寄こしたのだ。

「なんだとっ」

まだ正月の祝いをすませたばかりの八日だったが、家康の祝い気分は消し飛んだ。

駿河は武田信玄が、遠江は徳川家康が攻め取る。零落した今川家の領土を北条家に食い荒らされる前に、両家で分け合おうではないかと声をかけてきたのはそもそも武田信玄であり、家康はそれに応じて、遠江と駿河の国境で兵を収めた。

「ただちに使者を送り、問いただせ」

家康は武田が分割を言い出してきたときの仲介役だった酒井忠次を、甲州へ向かわせた。

「切り取り次第だと申したつもりであったが、そうか左京大夫《さきょうのだいぶ》どのは、国分《くにわけ》と勘違いなされていたのか。いや、すまぬ。善右衛門尉は叱っておく」

一応、武田信玄は越境を詫びたが、その真意に家康は気づいた。

「左京大夫と申したか、余を」

家康は、武田信玄が左京大夫という官職で呼んだことを怒っていた。

先年、織田信長が足利義昭を奉じて京へ攻め上ったとき、家康も軍勢を出した。その功績として、足利義昭から左京大夫という高位の官職を許された。

されど家康は、三河の支配に実効のある三河守を使い続けてきた。武田信玄と文書を交わすときも徳川三河守と署名している。

それをわかっていながら、わざと左京大夫と呼んだ。

「三河も余の領土だと認めぬと……」

武田信玄は、いずれ三河も手に入れると暗に宣言したものと家康は見た。

「おのれ、武田とは手切れじゃ」

家康は武田信玄との盟約を破棄した。

「手を組んで武田に対抗いたそうぞ」

武田と敵対するに一人では厳しい。

家康はまず今川氏真と停戦し、その伝手を使って北条家と同盟を結ぼうとした。

「裏切り者と手を組むなど」

怒り心頭だった今川氏真だったが、実情は武田に侵され滅びる寸前である。

「御辛抱を」

家臣に宥められて今川氏真も承知した。

しかし家康に与えられるはずだった余裕の日々は、天下最強と名高い武田との敵対により、ここに潰えた。

第五章　危難の日々

一

手を組むはずだった武田と敵対した徳川家康から安寧はなくなった。

遠江と接している信濃の南半分は武田家の支配を受けている。北半分が越後《えちご》の雄上杉謙信の庇護下にあるため、区分けの目印になっている千曲《ちくま》川を巡っての争いが絶えず、お陰で武田が徳川へ全力を割けなくなってはいるが、油断はできなかった。

さらに今川氏真と和睦したことで、遠江から東へ手を伸ばすことができなくなった。

西を織田、東を今川という同盟国に、南を海に囲まれた家康は、二進《にっち》も三進《さっち》もいかない状況に陥ったのだ。

残るは信濃へと北上するしかないが、そこには天下最強と謳われる武田家が控え、虎視眈々と遠江を狙っている。

また、戦いだけでなく調略も得意とする武田信玄である。すでに遠江と信濃の国境に領地を持つ国人領主たちに誘いをかけているのはまちがいない。

家康は遠江と信濃の国境に、絶えず一定数の兵を張りつけておかなければならなくなった。

「援軍を求める」

そこに織田信長からの要求が激しくなった。

美濃を攻略し、足利義昭を京へ入れた織田信長は、その急成長を危惧した朝倉や三《み》好《よし》などの周辺諸大名から圧力を受け、戦が絶えなくなっている。

尾張、美濃、近江半国、伊勢の一部を支配したとはいえ、多方面に兵を派遣していては手が足りなくなる。

その不足を織田信長は家康に補塡させた。

「当家に利がなさ過ぎまする」

家康が援軍を出し、織田家を助けてその領土を増やしたところで、与えられるものはほとんどない。討ち死にしたり、傷ついたりした家臣への見舞金くらいでは、どう考えても割に合わず、自家のものではない戦に駆り出される家臣たちの不満も大きくなっていた。

一向一揆で一度手痛い目に遭っているだけに、徳川家康は家中の雰囲気に敏感であった。

「今度は坊主でなく、信玄に踊らされるのか」

ふたたび家臣の離反が起こることを家康は怖れた。

「なにかしらの祝いをしてみせ、当家に未来があると見せつけねばなるまい」

家康は慶事を探した。

「次郎三郎の初陣がよいのだろうが……」

嫡男信康はすでに元服をすませて三年を過ぎたが、まだ初陣を果たしていなかった。

徳川家が主としての戦がなく、織田家の援軍がほとんどだったことが、原因である。跡取りである嫡男が、他家への援軍で初陣をおこなうというのは、絶対にしてはいけないことであった。

いかに同盟を結んでいる織田信長、しかも信康の岳父にあたるとはいえ、これをすれば、徳川家は織田家に従ったと取られかねないからであった。

嫡男の初陣は、大名にとって最大の慶事であるがゆえに、家のためでなければならず、そしてかならず勝たなければならない。

かといって、こちらから信濃へ手を出し、武田家と矛を合わせるのはまずい。

武田信玄は遠江侵略の機を窺《うかが》っている。そこに迂闊《うかつ》なまねをすれば、待ってましたとばかりに攻めこんでくる。

「徳川が当家の領地を侵した。その罪を問う」

武田信玄に正当な理由を与えれば、どうなるか。

「非道な徳川を討たんとする武田に手出しするは、義にもとる」

義将と呼ばれている上杉謙信が、信濃での戦いを停めて傍観者に変わりかねないのだ。

「勝てぬな」

武田との戦力に差があることを家康は理解している。

「ならば、次郎三郎を城主にいたそう。今後は岡崎三郎と名乗るがよい」

家康はすでに曳馬を居城としている。実質譲ったに近かった岡崎城を家康は、元亀《げんき》元年（一五七〇）、正式に信康のものとし、城主という格を与え、西三河の統領とした。

「めでたきかな」

そのお披露目の場に織田信長から豪勢な引き出物が贈られた。

「義父上《ちちうえ》さまがお気遣い、かたじけなし」

信康が感激した。

敵対する勢力に囲まれ、四面楚歌《しめんそか》になっているとはいえ、物成りのよい尾張、美濃を領し、津島湊の交易を握る織田家は裕福である。

信康への引き出物は、正室おごとく姫の嫁入り支度ほどではないにしても、驚くほどの量であった。

「かの織田さまが、ここまでなさるのだ。三郎さまの先行きは開かれている」

信康付きとなった石川数正を始めとする西三河の部将たちも喜んだ。

明日をも知れぬ戦国乱世において、大名として独立するだけの力、器量を持たぬ者たちは、誰の庇護を受けるかで運命が変わる。

もちろん、どれほど上杉謙信が義に篤《あつ》く、強い武将であっても、いざというとき兵を派遣してもらえるところにいなければ恃《たの》むに足りない。とはいえ、近いだけで弱い武将のもとでは、意味がない。

まだ信康は初陣を経験していないので、どのていど強いかわからないが、それでも家康の跡継ぎであり、織田信長の婿には違いない。

東を家康の支配する遠江、西を織田信長が領する尾張に挟まれた西三河の将たちにとって、どこからも侵略を受けないという状況はなによりもありがたい。

東西のどこにも延びる余地がないという欠点はあるが、そもそも誰かに従おう、独立は無理だと考えている連中にとって、大きくなることよりも、日々安寧が先に立つ。

西三河の部将たちは、より信康を大事に考え出した。

松平三郎信康に岡崎城を譲った徳川家康は、曳馬城を浜松《はままつ》城と改称、正式に徳川氏の本城とした。

「馬を曳かれるより、枯れぬ松の緑こそめでたきかな。よき名である」

やはり織田信長から祝いの言葉と引き出物が贈られたが、信康へのものと比べるのも馬鹿らしいほど少なかった。

「なるほどの」

家康は織田信長の真意をしっかりと把握していた。

「尾張に隣接する三河を信康に与えさせ、いずれは織田のなかに取りこむつもりか」

織田信長の態度が変わってきていることにも、家康は気づいていた。

同格での同盟であったはずのものが、いつのまにか傾いてきていた。

十五代足利将軍を擁立し、次々と領土を増やしていく織田信長と、四方をなにかしらの事情で封じられ、勢力を拡大しようにもできない家康との差は歴然としてきている。

さすがにやり過ぎた感のある織田信長に、周囲の大名たちは手を組んで対抗し、十五代将軍足利義昭もその専横に嫌気が差してきているため、戦も増えている。そのたびに織田信長は、家康に援軍を要求してくる。

同盟もあるうえ、信康の親同士という縁もあり、家康も援軍を拒むことはできない。

「今、織田に倒れられても困る」

織田という虎の威を借りている状態だということも家康は理解していた。もし、織田信長が負ける、あるいは同盟を破棄するとなれば、たちまち徳川は武田に追い詰められる。なにより、西三河が分離することになりかねなかった。

「そろそろ三郎の初陣をしてはどうか」

そんなところに織田信長から、勧めるような物言いながら家康に指図がきた。

「……承知いたしてござる」

家康は従うしかなかった。

大名の跡取りの初陣には作法というか、守るべき前例があった。

第一に決して負けてはならない。

次に戦場での立ち居振る舞いを教える経験豊かな部将をつけなければならなかった。

「三郎を預ける部将は、石川数正でもよし、酒井忠次でもよし」

何度も先陣として織田家と戦ってきた三河松平家には、戦巧者と呼ばれる部将は多い。人選で困ることはなかった。

「問題は、いつどこで誰とやるかだ」

家康は松平信康の初陣相手で悩んでいた。

そんなとき、武田信玄の三河侵攻が開始された。

「松平の圧政に苦しむ民を救う」

無理矢理の名分を口に武田信玄が大軍を率いて信濃から遠江、そして三河へと侵攻した。

「北条は動かぬか」

家康は、武田家牽制のために手を組んでいる北条氏康を期待したが、病の床にあったため動きはなくゆうゆうと信玄は軍を進めた。

「小山《こやま》城落ちましてございまする」

遠江にあって信濃、三河との国境に近い小山城が、武田の猛攻に耐えきれず陥落した。

「足助《あすけ》城も落城」

次々に悲報が届くなか、

「菅沼刑部少輔、武田へ寝返り、開城」

家康を震撼させる報告が飛びこんできた。

「おのれ、刑部少輔」

歯がみをして家康が怒った。

菅沼刑部少輔定忠《さだただ》は今川氏に属していたが、桶狭間の合戦の直後家康に従い、三河田峯《だみね》城を与えられていた。

「三郎の初陣の引き出物として、刑部少輔を血祭りにあげよ」

確実に勝てる戦などと言っている場合ではなくなった。家康が田峯城攻めに信康を出陣させようと考えた。

三河は徳川家の本国である。しかし、今、家康は遠江から駿河を睨みつつ、武田の侵攻に備えており、三河にかんしては嫡男松平三郎信康に託した形となっている。

その三河を武田信玄はずっと狙っていた。

山国甲斐を本国とする武田家の悲願は、海を手にすることであった。

自領に海がなければ塩を買わねばならず、関係悪化などでその流通を停められれば、国が滅ぶ。

武田信玄が今川義元討ち死にの後、なんとしてでも駿河を手にしようとしたのも、そこにあった。

家康との約定を破り、遠江に手出しをしたことで駿河攻略をもくろんだ武田信玄の思惑は外れ、かなりの手間を喰ったが、三年かけてようやく駿河を平定した。

そして武田信玄は、関東一円を支配する北条との対決を避け、遠江、三河の二国しか領していない家康を攻めた。

「遠江を守れ」

家康は自ら兵を率いて、武田家との主戦場になる吉田城へ籠城、決戦の構えを見せた。

「今回はこれくらいでよかろう」

吉田城を囲んでいた武田信玄が、兵を退《ひ》いた。北条氏の動向が明らかでないうえ、長く滞陣していると織田信長の援軍が来かねない。無理な戦で兵を損じるよりは、菅沼定忠らを配下に組み入れただけで満足すべしと考えたのであった。

「…………」

家康からすると、吉田城を守ったことで、遠江の被害は少なくてすんだ。

「取り返す」

武田信玄が軍を退いたのを確認後、家康は奪われた足助城などを奪還した。

「残るは菅沼の籠もる田峯だけじゃ。あれくらいがちょうどよかろう」

信康の初陣にふさわしいと、家康はあらためて田峯城攻めに取りかかった。

しかし、武田は退いたわけではなかった。元亀三年（一五七二）初冬、甲府を出発した武田信玄は、軍勢を三つに分け、それぞれ三河、遠江、美濃へと侵攻を開始した。

「ただちに援軍を」

今まで散々こき使われてきたのだ。徳川家康は織田信長に助けを求めた。

「当家は武田家と手を結んでおるゆえ、兵は出せぬ」

だが、織田信長の返答は拒否であった。

「己が困ったときには頼り、こちらが願ったときには応じぬだと。大きくなって織田どのは変わられた」

家康が歯がみをして悔しがった。

足利義昭を将軍にしてから織田家の勢いは止《とど》まるところを知らない、まさに昇竜であった。国力も尾張一国から美濃、伊勢、摂津、山城、近江半国へと増え、さらに播《はり》磨《ま》、河内、丹波、伊賀《いが》などを取りこもうとしている。

「いっそ、武田に乗りかえるか」

武田の強さは天下に鳴り響いている。遠江と三河の二国しか領していない家康では、まともに戦って勝てる相手ではなかった。

ならば武田信玄に膝を屈し、その先兵として尾張を攻め、手柄を立てて領国安堵を願うべきかと家康は考えた。

「……三河が従わぬか」

だが、すぐに家康は己の考えを否定した。

織田の本国と境を接する三河は、その旗印として織田信長の娘婿となった家康の嫡男をいただいている。

「織田を裏切るなどとんでもなきこと」

婚姻、元服以来信康は確実に織田信長に取りこまれている。当然、三河の部将たちも織田家に馴染みつつある。

家康が武田に降《くだ》ったところで、三河は従わない可能性が高かった。

「遠江だけでは……」

武田にとって家康の価値は激減する。それこそ使い潰されかねなかった。武田信玄に手向かって蹂躙《じゅうりん》されるか、膝を屈してその一部将となり、酷使されるか。

どちらになっても徳川家は戦国大名として、終わる。

「…………」

家康は苦吟した。

「長篠城、落城」

「馬場美濃守によって只来《ただらい》城、落ちましてございまする」

去就を決めかねていた家康のもとへ次々と悲報が飛びこんできた。

「このままでは、天竜川《てんりゅう》をこえられてしまう」

たった一日で武田信玄は、天方《あまがた》、一宮《いちのみや》、飯田《いいだ》、格和《かくわ》、向笠《むかさ》と五城を撃破し、家康に従っていた北遠江の国人たちも恭順させた。

「ひと当てして、徳川の武威を示し、天竜川沿いで武田を止める」

このままでは座して滅びを待つことになりかねない家康は出陣を決断、浜松城に留守の部隊を残しただけの、ほぼ全軍八千余り、号して一万の軍勢を率いて出陣した。

だが、少し家康の決断は遅かった。

家康の予想よりも速く、武田家は進軍、天竜川をこえたところで徳川と出会い頭の戦いが始まった。

「退けっ」

渡河を終えたばかりで、戦いの準備が整っていなかった家康は、不利を悟って仕切り直そうとしたが、それを武田勢は見逃さなかった。

殿《しんがり》を務めた本多忠勝らの活躍もあり、なんとか天竜川を逃げ渡り、家康は浜松城へ戻れたが、八千の兵は討たれた者、逃げた者などの影響で五千ほどに減っていた。

「二俣《ふたまた》城に武田勢、救援をとの急使」

「もう、二俣城まで来たのか」

そこへ武田が天竜川をこえたとの報せが届いた。

二

武田信玄が甲州を発って一カ月、遠江と三河を結ぶ要地、二俣城が攻められた。

「二俣は要害じゃ。そうそう落ちまい。しっかりと戦支度をせよ」

家康は動揺する家中を宥めるというより、焦る己に言い聞かせた。

蛇行する天竜川に沿った崖に造られた二俣城は、南東にしか攻め口がない。その南東の大手道も狭く、さらに急な坂となっているため、大軍や破城槌《はじょうつい》の展開が難しい。

また、二俣城には中根正照《なかねまさてる》、青木貞治《あおきさだはる》ら猛将に率いられた一千二百の兵が籠もっている。

家康は先日の敗戦を教訓とし、しっかりと状況を確認しようとした。

「武田軍の総数二万八千」

「増えておるぞ」

「寝返った者どもじゃ」

浜松城の大広間には落胆の声しかなかった。

数で負け、兵の質でも及ばないとなれば、全滅覚悟で討って出るか、降伏するかしかない。

「織田が兵を出してくれれば……」

辺りに聞こえぬよう気遣ってはいるが、家康の口からは愚痴しか出なかった。

「二俣城ももう限界でございましょう」

囲まれて二カ月が経った十二月、戦巧者としても知られる本多信俊が、家康に決断を迫った。

「織田家よりの援軍として佐久間右衛門どの、平手甚左衛門《じんざえもん》どの、水野下野守どの、ご到着のよし」

「数は」

「二万、大軍でございまする」

朗報であった。

武田信玄は、織田の領地である東美濃に秋山虎繁《とらしげ》を派遣、信長の叔母《おば》の嫁ぎ先である遠山《とおやま》家の籠もる岩村《いわむら》城を攻略させた。

「吾と手切れすると申すか」

岩村開城の報せを受けた織田信長が激怒、武田家と戦う覚悟を決めたのであった。

織田信長からの援軍二万、徳川家の兵五千。

合わせても武田の二万八千には及ばないが、大差ではなくなる。

さらに二俣城を取り囲んでいる武田家は、全軍をこちらに向けることはできなかった。二俣城からの出兵を抑えるため、三千ほどは割かなければならない。

徳川家不利の状況は、数のうえだけとはいえ、なくなった。

「武田家の軍勢、移動を始めましてございまする」

「どこへ向かっておる」

「西、堀江《ほりえ》の城へと向かうよし」

「挑む」

伝令の報告で家康は出兵を決めた。

「二俣城へ使いを出せ。ときを合わせ、武田の背後を襲えとな」

家康は動き出した武田勢に全軍で立ち向かい、その最中に背後から二俣城の兵をぶつける策を口にした。

「はっ」

使者が二俣城へと向かった。

「全軍で押し出すのはいかがなものか。まずは、二俣城を救い出してから……」

織田の援軍、佐久間信盛《のぶもり》らが反対した。

「浜松に籠城、我が殿と三河の衆が後詰めとして、来られたところで決戦すべき」

佐久間信盛は同数で武田と戦うのは避けるべきだと述べた。

「徳川に武名を捨てよと」

二俣城から家康のいる浜松城までは、一日ほどで着く。徳川の本城ともいえる浜松を無視して三河へ移動されるのは、武田にとって家康はものの数ではないと言われたも同然、このまま見過ごしては、ますます徳川を見限る国人が出かねなかった。

「全軍で出る」

織田信長への反発もあり、家康は進軍を強行した。

徳川家康の本陣、織田の援軍、合わせて二万五千の兵が、西上する武田信玄の軍勢に追いついたのは、三方《みかた》ヶ原《はら》であった。

三河の兵は武田の別働隊に対応するため、岡崎城に残しているため、まさに家康の出せる全兵力であった。

「かかれっ」

家康はただちに突撃をかけたが、すでに徳川が浜松城を出たというのを物見によって知っていた武田に防がれた。

「二俣の城から兵が来るまでの辛抱じゃ」

強い武田の兵にぶつかっていく自軍を家康は鼓舞、なんとか勢いを保たせていた。

しかし、いつまで経っても二俣の城からの援軍は来なかった。

二俣の城はすでに落ちていたのだ。

「追い落とせ」

防戦から攻戦へと武田信玄の軍配が返され、たちまち徳川、織田の連合軍は敗退した。

「……なんとか、生きて帰ったか」

這々《ほうほう》の体《てい》で浜松城に帰った家康は、被害の大きさに開き直った。いや、開き直るしかなかった。

「城門を開けよ。篝火《かがりび》を精一杯焚《た》け」

家康は城門を閉じての籠城を捨てた。籠城は援軍があってこその策であった。誰も手助けしてくれぬとあれば、閉じ籠もったところで、敗北は時間の問題である。たとえ戦にならず、矢玉の消費がなかったとしても、食いものは日々減っていく。そして人は本能で飢えを怖がる。

食いものがなくなると兵たちの士気は落ち、戦いにならなくなる。場合によっては、主君の首を獲って、降伏の手土産にすることもあるのだ。家臣に寝返られての死ほど、武将として恥ずかしいものはなかった。

家康はあえて門を開き、籠城せず、近づけば決死の思いで討って出ると、武田だけでなく家臣たちへも表明したのだった。

すでに滅びを、死を覚悟した者を死兵と呼び、名将は手出しをしない。

生きて手柄を誇りたい者は危なくなれば逃げるなり、退くなり、吾が身をかばうなりするが、命を捨てた者は、腕がなくなろうが、腹を突かれようが、死なない限りは抵抗を止めない。

これから三河、そして織田の本国尾張、美濃を侵し、京へ旗を立てようとしている武田信玄にとって、甲州を出たばかりといえる浜松辺りで将兵を減じるのはまずかった。

「追ってくるだけの余力はあるまい」

武田信玄は浜松城を放置して軍勢を三河へ進め、徳川方の要地野田城を攻めたところで、なぜか甲州へと帰国した。

「吾の死を三年秘せ」

武田信玄という英傑で保っていた武田家にとって、その死は重い。

後継ぎに指名した孫の武田信勝《のぶかつ》へ無事に家督を含めたすべてを移行するまで、世間の動揺を招くなとの意をこめた武田信玄の遺言だと伝えられるが、総大将の死を迎えた軍勢に影響が出ないはずはなかった。

「信玄が死んだ」

その死はすぐに織田信長、家康の知るところとなった。

「助かった……」

家康は盛大に安堵の息を吐いた。

三

かろうじて滅亡の淵から逃れたとはいえ、徳川家はぼろぼろの状態であった。

なんとか平定したはずの遠江、その北部、武田と境を接していた辺りの国人領主たちが、こぞって裏切ったのだ。そういった連中への対応、落とされた城の再建、改修と、家康は休む間もなく奔走することになった。

「そろそろ初陣をすまさねばならぬ」

他に、宣言している嫡男信康の初陣もおこなわなければならなかった。

「やはり、裏切り者どもを誅するのがちょうどよいか」

家康は既定どおりに田峯城攻めを信康初陣と決めた。

田峯城は三河の東北、設楽《したら》郡を見下ろす笹頭山《ささのずやま》の中腹にある。かなり離れるとはいえ、蛇行する豊川《とよがわ》が城の東と南を守るように流れ、大軍を動かしにくい。北は武田の領地に組みこまれたため、攻め口は西からしかない。

天正《てんしょう》元年（一五七三）、家康は信康とともに出陣、田峯城へと兵を進めた。

「大恩を忘れた禽獣《きんじゅう》め」

家康は田峯城に籠もる菅沼定忠を罵った。

「義父を見殺しにしただけでなく、義兄弟と敵対したのは誰だ」

菅沼定忠が反論した。

堅固な田峯城にいきなり襲いかかっても勝ち目はない。数で優る家康としてはなんとか菅沼定忠を誘い出し、野戦で決着をつけたい。そのための舌戦であった。

「……仏法を破壊する織田に与するなど、後生が怖ろしいとは思わぬのか」

「つっ」

菅沼定忠の一言に家康が詰まった。

元亀二年（一五七二）九月十二日、織田信長は敵対する浅井、朝倉の後ろ盾となっていた比叡山延暦寺《ひえいざんえんりゃくじ》を焼き討ちにした。

王城守護、国家安康の総本山として天皇家からの崇敬も篤い比叡山を焼いた。これは天下を大きく揺るがす出来事であった。

「仏敵、許すまじ」

上杉謙信、武田信玄らもこれに激怒、織田信長追討の狼煙をあげた。

その結果が、今回の武田信玄による三河侵攻であった。

「織田に味方していると仏罰を受ける。ゆえに我らは武田についた」

「………」

「なにをほざく。比叡山が焼かれたのは、義父に戦いを挑んだからじゃ。戦はなんであれ勝たねばならぬ」

菅沼定忠の叫びに返せなかった家康に代わり、信康が応戦した。

徳川家に直前まで属していた菅沼定忠である。家康に代わって声を張りあげた若武者が信康だとすぐに気づいた。

「尻の青い童子《わらし》は引っこんでいろ」

菅沼定忠が怒鳴った。

「おのれ、不遜な。父上、あのていどの小城、わたくしに兵をお預けいただければ、ひともみにしてみせましょうぞ」

若い信康があっという間に激昂《げっこう》した。

「落ち着け。城攻めは焦ってはならぬ」

家康が宥めた。

「ですが……」

「初陣で逸るのはわかるが、無駄に兵を減じるようなまねをしてはならぬ」

まだ不満を見せる信康に、家康が訓示を垂れた。

「殿、我らにお任せあれ」

そこに石川数正が名乗りをあげた。

「若殿をけなすような輩を許していては、三河武士の恥でござる」

「おお、そう言ってくれるか」

石川数正の言葉に信康が感激した。

「ならぬ。菅沼ごとき小者相手に兵を減らすことこそ、恥である」

家康が石川数正を叱責した。

「与七郎、初陣の三郎が手綱を引き締めることこそ、傅育役の任であろう。三郎を血気に逸る猪《いのしし》武者に育てるつもりか」

「………」

厳しく言われた石川数正が黙った。

「三郎、そなたも心せよ。そなたが端武者《はむしゃ》ならば、馬鹿にした者を討ち果たすために動いてもよい。だが、そなたは松平の跡継ぎじゃ。いずれ何千、何万の将兵を率いることになるのだぞ。それが突っこむしか能がないようでは、とても家を譲れぬ」

徳川ではなく松平と口にしつつ、家康が信康をきつく叱った。

「武士は名を……」

言いかけた信康が口を閉じた。

松平三郎信康は、父徳川家康の怒る姿を初めて目の当たりにしていた。

「武士は名を惜しむものだと申したいのか」

途中で黙った信康の言いたかったことを、家康が代弁した。

「そうあるべしと母上が教えてくださいましてございまする」

信康が述べた。

「瀬名がか……」

家康が苦顔を見せた。

今川義元の養女として家康に嫁いだ関口親永の娘瀬名とは、最初からかみ合わなかった。

「名門今川の血を引く子を産む」

松平家を家康から取りあげるのに、もっとも手っ取り早い手が血による侵略であった。

もちろん、今川義元が健在であったころの今川家は、北条家、武田家とも渡り合えるだけの実力を持っており、三河一国すら支配できていない松平家など潰すのは容易であった。

ただ、織田信長の父信秀の圧力に耐えかねて、嫡男を人質に差し出してまで、すがってきた者を滅ぼしては、今川家の沽券にかかわる。

かといって殺され殺し合う乱世に純粋な援助などあり得るはずもなく、今川義元は松平家の穏やかな乗っ取りを考え、姪を養女として家康にあてがった。

人質として肩身が狭く、辛い思いをしていた家康にとって、瀬名は慈しみを与え、微笑み返してくれる相手ではなかった。瀬名が男子を産めば、いずれ己は用済みになるのだ。だが、わかってはいても拒むことはできず、閨ごとを重ねて信康が生まれた。

しかし、松平家を簒奪する前に、今川が滅んでしまった。今や瀬名は後ろ盾を持たない女でしかなく、家康も閨に呼ぶどころかまともに顔さえ見ていない。

「そなたは海道一の弓取り、今川治部大輔さまの血を引く。その血に恥じぬ武将たれと」

「愚かな。名を残しても死ねばそれまでぞ。治部大輔が体現しておるというに」

信康の話に家康は啞然とした。

戦場では生き残った者が勝つ。どれほどの手柄を立てようとも討ち死にしてしまえば、それまでなのだ。

徳川家康が人質にならなければならなくなったのは、祖父清康が家臣に斬り殺されたためであった。

「生きてさえいれば、恥は雪げる。よいか、信康、大将たる者が決してしてはならぬのは、吾が恨み、怒りだけで兵たちを死地に追いやることだ」

「大将の思いだけで兵たちを死なせてはならぬと」

「そうじゃ。無駄に兵を死なせる将には、誰もついてきてくれぬぞ」

まだ納得していない信康に、家康がもう一度諭した。

「……埒《らち》があかぬ」

籠城されてしまえば、こちらも攻め手がなかった。兵を損ずるなと言ったばかりで、力押しもできない。となるとただ無駄に兵糧だけが潰えていく。

「一度退く」

信玄を失った武田は援兵を出せる状態になく、田峯城はいずれ力尽きる。家康は一旦、撤退の決断をした。

「三郎、そなたに殿《しんがり》を任せる」

背を向けていく軍勢は弱い。当然敵は後を追おうとする。その追撃をあしらい、本隊を無事に戦場から離脱させるのが殿の役目で、下手をすれば全滅することもあるほど難しいものであり、見事こなせば名将と讃えられる。

菅沼定忠には追撃するだけの余裕はないと家康は判断し、息子の初陣の手柄にしようと考えた。

「お任せを」

殿と聞いた信康が勇んだ。

山城である田峯城から、徳川家康の軍勢が退いていくのを菅沼定忠が見ていた。

「殿は誰じゃ」

「葵の紋と竜胆《りんどう》の旗印が見えまする」

「竜胆……石川か。となれば、残っている葵は、倅よな」

物見の返答に菅沼定忠が読みとった。

「生意気な童に痛い目を見せてやろうず」

菅沼定忠が城から討って出ると宣した。

武田の侵略を受けている徳川家は、遠江、駿河との国境に兵を配さなければならないため、全軍を田峯城へ向けるわけにはいかなかった。家康が出せたのは、三千ほどが精一杯で、殿となった信康の手元には五百ほどしか残っていなかった。

「城に動きが」

すぐに田峯城の異変は信康のもとへもたらされた。

「若殿、本隊に急ぎ合流いたしましょうぞ」

家康に蛮勇を叱られたばかりの石川数正が促した。

「殿は本隊を無事に逃がすのが役目ぞ。それが一緒に逃げるわけには参らぬ」

「ですが、死んではならんと殿が……」

「死なずばよいのだ」

若者の特権、つごうの良い解釈を信康はした。

「若殿がそこまで仰せならば」

息を吸うように戦うのが武士である。あっさり石川数正が慎重論を引っこめた。

「騎馬はありますまい」

峻険《しゅんけん》な山道を馬で駆け下りるのは難しいし、同行する徒《かち》たちと離れては、敵のいい餌になるだけである。

戦慣れしている石川数正が、相手が徒だけだと読んだ。

「弓、構え。見えたらすぐさま射かけよ」

「その後騎馬が打ちかかり槍で突け」

矢継ぎ早に信康は指示を出した。

「ござんなれ」

信康が手ぐすねを引いて菅沼定忠を待った。

大名の跡継ぎにはふさわしいだけの教育がなされる。読み書きはもちろん、敵味方の戦力を比較するための算術、弓や槍などの運用法まで多岐にわたる。

これらをしっかりと身につけないと、大名としてやっていけない。

「今川の血筋にふさわしい、よき武将になっておくれ」

母瀬名の求めに松平信康は、しっかりと応えていた。

「小倅め」

信康を若いと侮った菅沼定忠の兵たちは、待ち構えていた信康の軍勢に射られ、貫かれた。

「退けっ」

籠城するには兵糧が必須である。だが、それ以上に兵が重要であった。城を守るにはそれだけの人数が要る。どれだけ堅固な大手門でも守備兵がいなければ保たないのだ。菅沼定忠は形勢不利を悟るとさっさと城に逃げ帰った。

「深追いは大怪我のもとでござる」

「……わかっておる」

初めての戦いでは頭に血がのぼりやすく、的確な状況判断ができなくなるどころか、浮かれて無理をしがちである。

それを予想していた石川数正の制止に、信康が不承不承ながら従った。

「大手柄である」

家康としては複雑な心境であった。戦にはならないだろうとの読みが外れたことも
あるが、なにより、命を大事にしろと説教したばかりなのだ。

いかに殿の任を果たしたとはいえ、言うことを聞かなかったのはたしかなのだ。

しかし、これを叱責することはできなかった。

殿は本来、追っ手が出てきたら本隊を守るために戦うのが当然であり、家康は信康
を褒めなければならなかった。

「見事である。吾が婿として頼もしいことよ」

織田信長も信康の初陣を讃え、名刀一振りを贈った。

「さすがはお血筋じゃ」

家康と織田信長が賞賛したこともあり、信康の名声は西三河の衆だけでなく、家中
に広まった。

「これで安心でござる」

次代もお家安泰だと喜ぶ家臣たちを、家康は複雑な思いで見ていた。

四

嫡男信康の初陣をすませた徳川家康だったが、腰を落ち着かせる暇はなかった。

「武田が信玄を失った今こそ、好機」

天下の驍将《ぎょうしょう》武田信玄が死んだ。跡を孫の信勝が襲い、その父で猛将と言われる信玄の四男の諏訪《すわ》勝頼が、後見人として陣代となり軍事を引き継いだとはいえ、家中が揺れているのはまちがいない。

「駿河を落とす」

家康は一気に攻勢をかけた。

「武田の息の根をここで止めねば、またぞろ三河と遠江は分断される」

前回の、天竜川を争っての戦いと三方ヶ原での合戦で、徳川は武田に傷をつけることさえできなかった。

織田家からの援軍を得て数だけはそろえられたが、兵の質が違いすぎた。

それはまだいい。兵の質は鍛錬であげられる。問題は、東美濃から三河の北へ侵入した武田家の別働隊によって、徳川家が分断されたことにあった。

徳川家は三河を本国としている。家康は今川家の没落を機に東進、遠江を手に入れた。さらに遠江の東、駿河へ伸びようと考えた家康は、三河を嫡男に預け、己は駿河を狙える遠江に居を定めた。

もともと国としての石高は、三河が遠江よりも多い。そのうえ、少し前まで今川家の領地だったものを家康が奪ったのだ。前回の武田信玄による侵略でも露見したように、遠江の国人たちは徳川家への忠誠心を持っていない。なにかあれば、あっさりと寝返ってしまう。

これらのことからもわかるように、三河と遠江の兵力には大きな差があった。

「遠江だけでは戦えぬ」

家康はあらためて身にしみた。

「三河と遠江と境を接する国を支配せねば」

武田との戦いで命を失いかけた家康は焦っていた。

「なんとか三河なしでも武田や北条と戦える力を持たねば」

家康は武田信玄の亡霊に踊らされていた。

遠江の北に所領を持つ天野安芸守景貫《あまのあきのかみかげつら》ら、武田に寝返った国人を徳川家康は攻めて、駆逐した。

「奥平《おくだいら》家を敵に回すのは避けたい」

家康は、奥三河と呼ばれる美濃に近い作手《つくで》の辺りを領している奥平定昌《さだまさ》への対応を、武力ではなく、和議でと考えた。

奥三河は天竜川の支流で細かく分割されている。そこへ山が迫っていることもあり、大軍で攻めかかるのは得策ではなかった。なにより、掃討すべき者も多すぎて、すべてを攻めるのは悪手であった。

もちろん、数で押せばどうにかできるが、それでも何カ月かはかかってしまう。

「武田が揺らいでいる今しかないのだ。駿河を手にするには」

その月日が、駿河への侵攻を悲願としている家康には惜しかった。

「貴殿に吾が娘を嫁す」

家康は正室瀬名との間に生まれた長女亀姫との婚儀を条件として出した。

娘を嫁に出す。これは人質として差し出すに近い。嫡男信康の他に亀姫しか子がいない家康にとって、最大の譲歩であった。

「……よしなに願い申しあげる」

ここまで言われて断れば、戦いになる。もともと奥平家は徳川に属していたが、武田信玄の侵攻を受けてその軍門に降った。これからもわかるように、奥平に独立を保つほどの力はない。戦えば確実に負ける。もちろん、徳川家に痛い思いくらいはさせられるが、最後は降伏することになる。

戦う前に膝を屈するのと負けて降伏するのとでは、扱いが違う。敗者に条件を口にする権利はない。奥平定昌の切腹だけですめばよいが、直系男子はすべて殺され、所領も大きく削られる。

降伏したときに武田に預けた人質の命をあきらめる決断を、奥平定昌はした。

「長篠の城を預ける」

その心意気を買って家康は奥平定昌を、武田から奪い返した長篠城に入れた。

武田信玄の後を受けた諏訪改め武田四郎勝頼は、奥平家の再寝返りに激怒した。

「父が生きておれば、徳川づれに攻められても、武田がきっと来ると耐えたであろうに……吾を頼れぬと侮るか」

偉大な父を持った息子としての矜持が、武田勝頼を苛立たせた。

「奥平の人質を斬れ。その後、長篠を攻める」

武田勝頼は、奥平定昌の妻と弟を殺したあと、長篠城へと軍勢を差し向けた。

「長篠は落とさせぬ」

娘婿となった奥平定昌を見捨てるわけにはいかなかった。それをすれば、二度と家康と縁を結ぶ者はいなくなる。

「武田家再侵攻」

家康は再度織田信長の援軍を求めた。

「大人しくしておけばよいものを」

浅井、朝倉を滅ぼして近江を完全に支配し、越前、若狭《わかさ》まで手に入れ、加賀《かが》へも影響を及ぼし始めた織田信長の兵力は、武田信玄が西上を果たそうとしたころとは比べものにならぬほど大きくなっている。

「武田を滅ぼす」

織田信長は三万という大軍勢、さらに三千挺という鉄炮を用意した。

父の業績をこえようとする武田勝頼と、天下人に名乗りをあげた織田信長の決戦がおこなわれようとしていた。

「…………」

吾が領地のなかでありながら、家康は戦いの主人公ではなかった。

「かかれ」

「放て」

武田勝頼と織田信長の戦いは、あっけなく終わった。三千挺の鉄炮にただ突撃を繰り返した武田の軍勢は蹂躙され、織田が勝利した。

「追え」

鉄炮の弾が尽きた後、織田の陣を守る役目に徹していた徳川勢が敗走する武田の兵へ襲いかかった。

第六章　夢の果て

一

戦国最強の名を恣《ほしいまま》にし、京へ上って天下に大号令を発する直前までいっていた武田家は、長篠の合戦に敗れた後、坂道を転がるようにして衰退した。

その反対に織田信長はまさに旭日《きょくじつ》の勢いであった。武田という脅威を取り払った織田信長は、加賀から能登《のと》、越後へ、播磨から備前、備後《びんご》へとその勢力を伸ばし、誰の目にも天下人と映った。

天下の情勢は決まった。

「追いつけぬ」

家康は慨嘆した。

かつて織田信長と徳川家康は対等の同盟関係を築いていた。信長は尾張、家康は三河と、多少の国力差はあっても、同じ一国の主であった。

ともに背を預け合い、信長は西へ、家康は東へ伸びていこうと誓い合った。

しかし家康の伸びようとした先に、武田、という巨大な敵があったことで差ができた。

もちろん、織田信長の伸びゆく先にも、比叡山延暦寺や越前の太守朝倉家などはあった。が、それでも武田ほど強大ではなかった。

家康が武田と対峙している間に織田信長は上洛を果たし、領国を増やして、今や天下人と噂され、その差は歴然としていた。

「吾も上様と呼ぶべきか」

長篠の合戦を終えたころから、織田信長は家臣たちにお館さまではなく上様と呼ばせるようになっていた。

今のところ、織田信長は徳川家康を同格として扱い、宴席などでも格別の配慮をしてくれているが、それもいつまで続くかわからない。戦国乱世は、力ですべてが決まる。力がなければ、ある者に吸収されるか、滅ぼされるかのどちらかしかない。

「吾がいなくなれば、信康は織田の下につく」

家康の嫡男松平信康は織田信長の娘婿である。織田の天下となっても、信康は一門衆として相応の扱いは受け、三河、遠江、駿河の三国くらいは与えられるだろう。だが、独立した大名ではなくなる。ならば早いうちにそうなっておいた方が後々ましなのではないかと、家康は悩んだ。

「織田は強くなりすぎた」

長篠城の攻防に端を発した織田、徳川対武田の決戦は、信じられないくらいあっさりと終わった。

何度も挑んでは、手痛い敗北を喫してきた徳川家康にとって、それは夢のような出来事であった。

「放てっ」

攻め寄せてくる数万の武田に、織田信長が軍配を振っただけで趨勢《すうせい》は決した。

必勝不敗、天下最強の名を恣にした武田の将兵は、支えを失った板のように崩れ落ち、山県昌景、馬場信春などの勇将が倒れ伏した。

「かかれっ」

徳川家康も家臣たちを突っこませたが、それは戦いというより残敵掃討に近く、とても手柄を立てたとは言いがたい。

家康は武田という脅威を潰せた代わりに、新たに織田という悪夢が生まれた。

「このまま変わらずにいけるのか……」

親子でさえ争う戦国乱世、同盟などどちらかのつごうだけで破られるものでしかなかった。

今川と武田、武田と北条、織田と浅井、潰えた同盟は枚挙に暇《いとま》がない。

「いつまで余は織田どのの味方でおれるのか」

長篠合戦を終えて以降、家康の頭はそれ一つで占められていた。

「余がいなくとも、織田どのは困らぬ」

すでに織田信長は、家康の嫡男信康との間に岳父という関係を築いている。

織田信長の娘おごとく姫と信康も男女の仲になって久しい。

家康がかつて今川義元の義理の娘瀬名と婚姻したのと同じ状況に、信康もなっている。

いや、九歳から一緒に生活し、幼なじみに近い信康とおごとく姫のほうがまだましである。互いに相手を想い合う日々を経ている。

嫌々閨を共にした家康と瀬名でも子ができたのだ。信康とおごとく姫との間に子が生まれる日は近い。

代を継ぐ子はめでたい。ましてや大名と大名の家をつなぐ子となれば、その意味は大きい。

桶狭間で今川義元が討ち死にしてしまったため、徳川家康と瀬名の間に生まれた信康の立ち位置は大きく変わったが、織田信長の娘おごとく姫と婚姻をなしたことで、新たな価値が生まれた。

その信康とおごとく姫との間に子ができれば、徳川と織田、両方の血が一つになる。生まれた子供が男子であれば、まちがいなく次の次の当主になる。

「そのころには、天下は織田のもの……」

家康が武田の残党相手に苦労している間にも、織田信長の進撃は続いた。

最大の敵武田家に圧勝したことで、織田に逆らうだけの気力を失った多くの大名や寺院が、頭を垂れている。

今や織田の勢いを止めうる者は、東の北条、北の上杉、西の毛利、大坂の本願寺くらいしかいない。

「早めに頭を垂れるか」

同盟を解消し、従属するべきだと家康もわかってはいる。

武田がもはや残像でしかなくなった今、徳川は北条への壁としての価値だけになっている。

なにせ家康の領土である三河、遠江、駿河の三国と境を接しているのは、織田と北条だけなのだ。そして織田の領土への手出しは絶対にできない。すれば、半年とかからず徳川は滅ぶ。いや、家康の首が飛び、代わって信康が次の当主になる。

「家臣どももあてにはできぬ」

三河一向一揆を経験した家康は、本多信俊、本多忠勝らごく一部の家臣を除いて信用していない。

「石川与七郎も、もはや敵じゃ」

嫡男の傅育を任すほど信頼していた石川数正も、今では家康より信康を主君としていただいていた。

「雑賀衆、織田家に降伏」

「毛利の水軍、大坂湾にて織田方の水軍によって撃滅」

浜松にいる家康のもとに、次々と織田家の勝利の報が入ってくる。

「めでたきことでござる」

家康の嫡男信康が無邪気に喜んだ。

信康とおごとく姫の仲はむつまじく、二女ができていた。

「男を産めぬのか」

だが、これは信康の母瀬名を怒らせた。

今川家が滅んだことで、実家を失った瀬名にとって、信康に娘を娶せてくれた織田信長は新たな後ろ盾であった。

「よき嫁である」

養父を討ち取った敵でも庇護者となれば、恨みをぶつけるわけにはいかない。瀬名は当初、おごとく姫をかわいがった。

「母上さま」

九歳で見たこともない隣国へやられたおごとく姫にしてみれば、夫信康以外に頼れる相手がいるのはありがたい。おごとく姫も瀬名を慕い、嫁と姑《しゅうとめ》の仲は良好であった。

しかし、それが終わった。

大名の正室に求められる役目は二つあり、そのもっとも重要なものが跡継ぎとなる男子を産むことであった。

瀬名は松平元康に嫁いで、最初に嫡男たる信康を産み、その役割を果たした。

婚家と実家、その両方の血を引く男子こそ、同盟の証であり絆だからである。もちろん、女子《おなご》も嫁がせることで、同盟の締結、維持、強化に役立ちはする。

だが、嫡男ほどではない。

実家を失い家康に見捨てられた瀬名にとって、頼るは息子の信康しかなく、その信康を支えてくれる織田とのつながりはなんとしてでも欲しい。

しかし、おごとく姫が産んだのは姫ばかりであった。

正室の瀬名と織田信長の娘おごとく姫との仲が悪くなっていることを、家康は知っていた。

嫡男信康に譲ったとはいえ、当主である家康のもとに岡崎城での出来事は報されるからであった。

「そうか。姑と嫁はそのようなものぞ」

家康はあっさりと聞き流し、なに一つ対応を取ろうとはしなかった。

「妻と子というものは、面倒でしかない」

武田家に代わって織田信長の圧迫を感じ始めていた家康には、どうでもいい話でしかなかった。

「吾が死んだら好きにすればよい。三郎が跡を継ごうが、於義丸が跡を継ごうが、三河と遠江、駿河の三国で割れようがな」

瀬名と閨を共にしなくなった家康は、遠江に来てから側室を抱えた。そのうちの一人、おこちゃという神官の娘が懐妊、天正二年（一五七四）に次男を出産していた。

「城には入れるな」

家康は生まれた息子を於義丸と名付けおこちゃを万の方と呼ばせながらも、浜松城には迎えなかった。

「武田が滅ぶまでは……」

於義丸が生まれたころは、まだ長篠合戦はおこなわれておらず、いつ武田によって浜松城が危機に陥るかわからなかったとの口実であったが、そのじつ、家康にとって子は己の立場を危うくする敵でしかなくなっていたからである。

すでに三河は織田信長の娘婿信康のものとなったに等しく、武田を破った長篠合戦も家康の領国での戦いでありながら、主役の座は鉄炮を大量に使った織田信長に持っていかれてしまった。

「織田には勝てぬ」

武田に与していた国人たちも堰《せき》を切って徳川家へ臣従してきているが、これは織田を怖れてのことでしかなかった。

そして天正六年（一五七八）、武田と並んで織田の脅威となっていた上杉謙信が急死した。

厠で忍者に尻を槍で突かれたとか、酒の飲み過ぎによる中風だとか、噂はいくつもあったが、軍神と讃えられた上杉謙信はまちがいなくこの世から去った。

「荒れるぞ」

徳川家康はその報に接したとき、上杉家の内紛を確信していた。

生涯不犯《ふぼん》を誓った上杉謙信には実子がなく、姉の子景勝《かげかつ》と同盟の証として受け入れた北条氏康の七男景虎《かげとら》を養子にしていた。しかも上杉謙信はそのどちらを後継者にと指名していなかった。

そして家康の予想どおり、上杉家では家督を巡って争いが起こり、武田勝頼を味方につけた景勝が勝ちを収めた。

「武田めが。長年の交誼《こうぎ》を忘れおって」

景虎の敗北に武田勝頼が大いにかかわっていたことに北条が激怒、武田との同盟を破棄した。

「武田を滅ぼすまででもよい」

家康はこの機に北条との同盟を求め、天正三年に生まれ、まだ四歳の次女督《とく》姫を北条氏政の嫡子氏直《うじなお》に嫁がせる約束を交わした。

「女一人《おなご》で北条を味方にできる。娘はよいの」

家康が笑った。

家臣とまではいわないが、今の徳川は織田の下に立たされている。

織田信長は天正三年に右近衛大将《うこんえのだいしょう》に任じられてから、家康を格下として扱いだした。

「援軍を頼む」

であったのが、「兵を出せ」との命令に代わった。

「やむなし」

力の差をわかっている家康は逆らわず受け入れてきたが、忸怩たる思いは消えていない。

家康は北条と同盟し、万一に備えた。

二

織田信長の勢いは止まらない。比叡山、浅井、朝倉、武田と排除を重ね、今や誰の目にも天下人として映るようになった。

当然、反発も強まる。

とくに織田信長と長く争ってきた石山本願寺、丹波国人衆、毛利家、瀬戸内《せとうち》水軍らが手を組んで、抵抗を強めた。

「悪鬼、信長を討て」

石山本願寺を統《す》べる顕如《けんにょ》上人の檄に、各地での蜂起が始まった。

織田家に恭順していた播磨国でも別所長治《べっしょながはる》らが、不意に叛旗を翻した。

「右府どのも大変じゃの」

徳川家康が呟いた。

「殿、お顔が」

本多信俊が家康の口の端が吊り上がっていることを見咎めた。

「そうか、普通であったぞ」

言い返しながら、家康が普請場へと顔を向けた。

家康は、遠江の国に大きく突き刺さっている、武田方の高天神《たかてんじん》城を攻略するための支城造りの最中であった。

高天神城は今川から徳川へと所属を替えた小笠原《おがさわら》氏の居城であった。高さ三十丈（約九十一メートル）余りとさほど高くはないが、急斜面で囲まれた山城として、難攻不落を誇っていた。天正二年、亡き父信玄が落とせなかった高天神城を攻略し、今一度武名を轟かせたいと考えた武田勝頼の猛攻を受けて開城した。長篠合戦の後も度重なる徳川の攻撃を防ぎ、武田氏の海へ伸びる重要な補給路を確保するだけでなく、家康の東進を留める役目も果たしていた。

その高天神城を家康は奪還しようと準備していた。

「裏切り者めが」

高天神城を預かる武田の将岡部元信が、徳川の軍勢を見下ろして歯がみをした。

岡部元信は桶狭間の合戦のとき、鳴海城にあって一人気を吐き、攻め寄せる織田軍を撥ねのけた今川方の猛将である。

「主君の首を返すならば、城を明け渡す」

今川義元の首と交換に鳴海城を明け渡したのち、駿河へ帰り今川氏真を支えた岡部元信だったが、主家が滅んだため武田家に臣従していた。

「松平が裏切らねば……三河で織田を防ぎ、遠江と駿河の兵で武田や北条を防げた」

岡部元信は頰をゆがめて、徳川家康がまだ今川家の一門だったときの姓で呼んだ。

今川家の忠臣であった岡部元信にしてみれば、桶狭間の合戦の後も家康が織田家と対峙していれば、遠江は乱れず、武田信玄や北条氏康の侵略もなかったはずであった。

「きさまのせいで、今川家は国を失ったのだ」

岡部元信が家康を呪った。

「おまえも同じ目に遭わせてくれよう」

とはいえ、今、岡部元信が仕えている武田家は零落しており、とても徳川を滅ぼすだけの力はない。

「武田がかつての力を取り戻すまでのときを稼ぐのが、吾の仕事じゃ。お館さまならば、きっと武田を再興なされよう」

岡部元信は武田勝頼の器を買っていた。

「こちらから討って出るな。あやつらに城攻めをさせ、矢玉、人を消耗させよ」

老境に達している岡部元信は、勇猛ながら狡猾《こうかつ》でもあった。そうでなければ、七十歳近くまで、この乱世で生き残っていない。

「あと、噂を流せ。三河の松平信康が、武田に通じているとな。お館さまが甲斐を出られるのに合わせ、浜松城を襲う手筈《てはず》になっておると」

岡部元信は家康に調略を仕掛けた。

「息子に裏切られる思いを、とくと知れ」

家康は今川義元の娘婿、すなわち義理の息子であった。

岡部元信が暗い笑いを浮かべた。

徳川には三河乱破《らっぱ》、北条には風魔《ふうま》、上杉には軒猿《のきざる》と、戦国大名は忍《しのび》の類いを抱えている。

武田家も甲州忍、歩き巫女《みこ》という忍を持っていた。

徳川家と直接対峙している岡部元信は、それらの一部を武田勝頼から貸し与えられていた。

「お任せを」

巫女の姿で全国を行脚し、所属している神社のお札を売り歩き、諸所の事情を集めるのが主ではあるが、同時に春もひさぐ歩き巫女は、噂話を睦言《むつごと》に混ぜて広げるのを得意としていた。

「松平信康が遠江、駿河の譲渡を条件に、武田に通じた」

「家康の正室瀬名が、父を見殺しにした夫家康への恨みを晴らすべく、武田と息子の間を取り持った」

「瀬名と武田の間を取り持ったのは、旧今川の臣たちで、その者たちも合わせて徳川を滅ぼすために動く」

歩き巫女たちの撒《ま》いた噂は、最初駿河から始まり、遠江へと広がった。

噂を最初に家康の耳に入れたのは、長篠の合戦が終わった直後に帰参してきた本多弥八郎正信であった。

「殿」

「申しわけなきことをいたしました。何卒、もう一度御奉公をさせてくださりませ」

熱心な一向衆徒であった本多正信は、三河一向一揆の後、家康のもとを離れ諸国を放浪していたが、大久保忠世《ただよ》の取りなしで詫びを入れてきた。

「不義理のぶんまで働け」

かつては信頼していた家臣であったが、一度裏切っている。家康は本多正信を受け入れたものの、かつての扱いとはほど遠い冷遇をもって対応した。

「三郎さま、武田へ内通との噂が国に流れておりまする」

感情のない声で本多正信が告げた。

嫡男信康が武田と通じている。本多正信から報された話を、徳川家康は相手にしなかった。

「三郎はまだ若いが、滅びゆく武田と組むほど愚かではないわ」

家康は噂を一蹴した。

「わたくしもそう考えておりまするが……他のお方はどうでございましょう」

本多正信が家康の顔を窺うように見上げた。

「他の……石川与七郎らか」

「いいえ。三郎さまにつけられている者どもは、間近で接しておるのでございまする。まず疑いますまい」

家康が出した名前に、本多正信が首を左右に振った。

「では誰が……」

「まず武田が乗って参りましょう」

首をかしげた家康に本多正信が告げた。

「武田がか……」

「いろいろとわざとらしい証を立ててくれましょうよ。殿がお認めになるかどうかは、別の話として、その他の者のなかには信じる輩も出て参りましょう」

怪訝な顔をした家康に本多正信が応じた。

「余ではないところが反応する、か」

「………」

理解した家康に本多正信が無言でうなずいた。

「とにかく家臣どもの動揺を抑えることとしよう。そうよな、三郎を呼んで久しぶりに鷹狩りでもいたすか」

親子の仲睦まじきところを見せれば、落ち着こうと家康が述べた。

「いいえ、そこではございませぬ」

本多正信が否定した。

「では、どこに問題があると」

「右府さまでございまする」

訊いた家康に、本多正信が重い声で織田信長の名前を口にした。

徳川家康は本多正信の言葉にあきれた。

「右府さまは、三郎の舅どのであり、冠親ぞ。娘をくれるほどに期待してくださっておる。誰が三郎を疑おうとも、右府どのが、疑われるはずなどなかろう」

「甘《あも》うございますな、殿」

本多正信がため息を吐いた。

「天下人ほど臆病で、猜疑心《さいぎしん》の強いものはございませぬ」

大きく本多正信が首を横に振った。

「上のなくなった天下人には、もう目指すものがございませぬ。それは目指される者になったという意味でもござる」

「目指される者……」

家康が戸惑いの声を出した。

「下克上か」

本多正信の言いたいことに家康は気づいた。

「…………」

沈黙で本多正信が肯定した。

「殿のもとを離れて以来、ずっと織田家を追いかけておりました。殿と手を結んだ唯一の武将とはどのようなものか。それを見抜くために」

「まさか、そなたが出奔したのは余のためであったと申すか」

「武士とは言えぬ鷹匠であったわたくしめを、殿はご信頼くださり、いろいろ策を求められた。槍を振るえぬ非力者と皆に侮られる辛さが、お陰で軽くなり申した」

本多正信が、長らく帰参しなかった理由を話した。

「幸い、三河一向一揆に味方したという経歴が助けとなり、わたくしめはずっと石山本願寺の手勢として、織田家とまみえつづけられました」

「…………」

続く本多正信の語りを家康は黙って聞いた。

本多弥八郎正信が続けた。

「あのお方はいけませぬ。人を駒としか見ておられませぬ。使えるか、使えないか、そのどちらになるかだけで判断なさる。長くお側にあったとか、何代もお仕えした譜代だとかは、まったく関係ない」

「たしかに」

　徳川家康も本多正信の意見に同意した。

　織田家には明智光秀、羽柴《はしば》秀吉、滝川一益《たきがわかずます》といった出自さえあきらかでない新参がいる。そしてそれらが、織田家の譜代柴田勝家《しばたかついえ》、丹羽長秀《にわながひで》らと肩を並べる部将として、一手を預けられている。

「伊勢長島《ながしま》攻めで愚かなおこないをした北畠《きたばたけ》さまを斬ろうとなさったとも聞きまする」

　本多正信が付け加えた。

　北畠とは織田信長の次男、左近衛権中将信雄《のぶかつ》のことだ。織田信長が伊勢の名門北畠家を征服したときに、当主具房《ともふさ》の養子になった。

　天正七年（一五七九）、独断で兵を動かし、伊賀を制圧しようとして失敗、大損害をこうむり、織田信長から厳しい叱責を受けていた。噂では、頭を床にこすりつけて詫びる次男信雄を、手討ちにしようとしたと言われている。側近たちが必死で止めたため、ことなきを得たが、以降織田信長は身内にも厳しいと一層怖れられるようになっていた。

「三郎も同様だと」

「はい」

念を押すように問う徳川家康に本多正信が首肯した。

「そして、三郎さまを排除されれば、三河はどうなりましょう」

「三河は変わるまい。余のものだ」

本多正信の言葉に徳川家康が首をかしげた。

「裏切った者の後をそのままになさいましょうか、織田さまが」

低い声で本多正信が言った。

三

本多正信の懸念は当たった。

「どういうことか」

天正七年七月、織田信長から徳川家康へ詰問の使者が来た。

「………」

家康は最後に織田信長と会ったときのことを思い出した。

長篠合戦を勝利で終えて、その祝いに家康は織田信長の本陣を訪れた。

「大勝利、おめでとうございまする」

「大儀」

下座で片膝を突いた家康が祝意を述べるのに対し、織田信長は床几から立つこともなく、たった一言を返しただけであった。

たしかにこの合戦で功績を挙げたのは、織田信長であった。想像を絶する量の鉄炮を用意しただけでなく、それが十全な威力を発揮できるように戦場を整えた。

本来ならば、長篠城に籠もる奥平家を配下としている家康がこれらのお膳立てをし、織田に援軍を乞うて決戦すべきだったが、いつのまにか主力と援軍が逆転してしまっていた。

精強なる武田を正面で迎え撃ったのは織田であり、徳川はその隣で残党狩りをしただけであった。

それくらいは家康もわかっている。ゆえに援軍への感謝ではなく、織田の勝利を祝ったのだ。

しかし、それに対する織田信長の対応は、とても同盟している同格の大名へのものではなく、配下の、それも役に立っていない者へのものであった。

家康はあのときの織田信長の冷たい目を忘れてはいなかった。

「釈明を任せる」

同盟とは名ばかりで従属状態になった今、のこのこと尾張まで出向いて、謀叛の首謀者とされてはたまらない。

家康は重臣の酒井忠次を使者とした。

松平信康、武田勝頼と通じる。

根拠の呈示もないただの噂だったが、燎原《りょうげん》の火のごとく、駿河、遠江、三河、そして尾張、美濃へと広がった。

「まさか織田右府さまの娘婿ともあろうお方が……」

最初は誰もが鼻で笑う。織田信長は娘を輿入れさせるほど松平信康のことを気に入っている。

だが、徳川家康が声高に反論をしなかったことが、噂に厚みを加えた。

「殿、さすがに」

本多信俊らが、家康に諫言をした。

「まともに相手をするほうが、噂を認めることになろう」

家康は噂を否定すべきという本多信俊の進言を拒んだ。

「…………」

そう言われてしまえば、忠臣本多信俊としても手の打ちようはなくなる。

家康が否定しなかったことで、噂の信憑性《しんぴょうせい》が高まった。

それに織田信長が食いついた。

「話を聞かせよ」

織田信長が、釈明に来た酒井忠次へ要求した。

「ただの噂でございまする。そもそも長篠での戦いの後、武田家は衰退し、三河に手出しできる状態ではございませぬ」

大いに勢力を衰えさせた武田は、信濃の領地を織田に奪われた。今までならばできていた信濃から三河への侵攻は無理になっていた。

「武田が駿河へ押し出すのに合わせ、三河が寝返るのではないか」

織田信長が懸念を口にした。

「三河の者は、我が殿に忠誠を誓っておりますれば、謀叛などあり得ませぬ」

間に織田家の領土がある。酒井忠次が、首を左右に振った。

「それとも手引きする者でも」

酒井忠次が、信濃の領土にいる織田の部将のほうが不安だと応じた。

織田家の家臣を疑うことも要るのではと告げた酒井忠次に、織田信長はなんの感慨も見せなかった。

「ならば好きにいたすがよい」

「……はっ」

酒井忠次が一瞬戸惑うほどあっさりと、織田信長は、松平信康が武田に与しようとしているとの疑いに対する詮議を終えた。

「ただし、後日ことが明らかになった場合は、三河守に責めを負わす」

織田信長が冷たく宣した。

「伝えまする」

蒼白になった酒井忠次が信長の御前を下がった。

徳川家康は酒井忠次を美濃、岐阜《ぎふ》城へとやった後、嫡男松平信康の身辺を調べさせた。

「……なにも見当たりませぬ」

家康の謀臣となった本多正信でも、松平信康と武田のかかわりは見つけられなかった。

「ならば、そのうち噂も消えよう」

家康は安堵した。

「利用されねばよろしいが……」

まだ本多正信は懸念を払拭できなかった。

「誰にだ。武田ならば気にせずともよかろう。敵の言うことじゃ。誰も相手にはせぬ」

戦いは槍と弓でやるものばかりではない、謀《はかりごと》も重要な手段であり、流言飛語はその代表であった。

「そんなことより、高天神城じゃ」

家康は岡部元信の籠もる高天神城へ猛攻をかけたが、武田信玄でさえ攻めあぐねた堅城に跳ね返された。

「埒があかぬわ。城を取り囲み、蟻も通すな」

被害の大きさに家康が、高天神城攻めを力押しではなく、干殺《ひごろ》しに変えた。

「帰りましてございまする」

その家康のもとに酒井忠次が復命に戻った。

陣中とはいえ、嫡男の問題である。

徳川家康は、弁明の使者の役目を果たして帰ってきた酒井忠次に、早速織田信長の返答を訊いた。

「右府さまはなんと仰せであった」

「好きにいたすがよいとのお言葉でございました」

酒井忠次が伝えた。

「……好きにいたせじゃと」

咎めるでもなく、許すでもない、予想外の答えに家康は困惑した。

「待て。どういったなりゆきで、そのようなお言葉が出たのだ。どのようにそなたは弁明した」

家康が詰問する勢いで尋ねた。

「それが弁明と申せますかどうか」

戸惑いを見せながら酒井忠次が、織田信長との間に交わされたやりとりを語った。

「今、信濃を領しておるのは……」

「右府さまでございまするが、実質はご嫡男左近衛中将さま」

信濃は織田信長の世継ぎ信忠のものだと、同席していた本多正信が告げた。

「左近衛中将さまか」

家康が苦い顔をした。

織田信長には十人をこえる男子がいた。そのなかで信長は信忠を特に深く愛した。嫡男となった信忠よりも先に生まれた庶子もいるが、生母の出自が低く跡継ぎとはなっていない。

酒井忠次からの信濃は大丈夫なのかという質問は、織田信忠の周囲を確認してから、こっちを疑えと挑発したに等しい。

「…………」

それに気づいた酒井忠次の顔色がなくなった。

「ことが明らかになったときの責めは負わせる……」

織田信長の最後の発言、その意味するところに家康は震えあがった。信忠が無実とわかったとき、挑発への報いがくる。

「潰されますな」

薄禄でこき使われている本多正信が淡々と口にした。

徳川家と織田家の力関係は激変した。今や徳川は織田の一部将に近い。いや、それ以下かも知れなかった。

三河、遠江はかろうじて支配しているものの、駿河にかんしては、武田と北条の影響を排除しきれておらず、万一に備えて一定の兵を置かなければならない。つまり、出せる兵力が国力の割に少ないのだ。

占領地の守備を本軍に任せ、しゃにむに進むだけでよい羽柴秀吉や柴田勝家、明智光秀らとはわけが違う。

戦力として一手を任せられるほどではないが、いろいろな事情が絡んで、重用されているだけというのが、家康の立場であった。

「潰される……」

本多正信の口から出た一言に、家康は背中に冷たいものを感じていた。

「上様は、裏切りに厳しいお方でござる」

本多正信がさらに家康を追い詰めた。

織田信長は、苛烈な性格で知られている。だが、意外と敵には優しい。敵対していても降伏してくれれば、譜代の家臣と同じように扱う。摂津の小名荒木村重《あらきむらしげ》や三好家の重臣だった松永久秀《まつながひさひで》などがよい例である。荒木村重は摂津守として、石山本願寺攻めや播磨侵攻で重要な役割を与えられているし、足利十三代将軍義輝を弑逆《しいぎゃく》したといわれている松永久秀も大和一国を預けられていた。

人をその出自や経歴で判断しない。それが羽柴秀吉や明智光秀といった良将を見いだすことにつながり、織田家発展の原動力になっている。

一方で身内の裏切りには厳しい。

織田信長の妹市《いち》を正室に迎えていながら、朝倉義景に与して寝返った浅井長政は、死後その髑髏《どくろ》に金粉をほどこし見世物にされ、叔母でありながら武田に攻められるとあっさりと城を明け渡したのみならず、その将に嫁いだつやは、逆さ磔《はりつけ》にされたうえ、陰部へ槍を突っこまれて殺された。

そして家康の嫡男松平信康は織田信長の娘婿、浅井長政とよく似た立場にある。その松平信康が武田と通じていると疑われた。

四

娘婿が寝返る。

織田信長最大の危機とされる金ヶ崎での退き戦は、信用しきっていた妹婿の浅井長政の裏切りに始まった。

名目上は若狭守護武田家の混乱を治めるためといいながら、そのじつ越前の朝倉義景を攻めようとしていた織田信長は、浅井長政の裏切りで袋の鼠《ねずみ》になった。

織田信長は、配下の部将はもちろん、まだ同盟相手として遇していた徳川家康も放り捨てて、単騎で逃げ出す羽目になった。そして浅井長政が敵に回ったことで、織田信長の天下布武《ふぶ》は五年遅れた。

その報いとして浅井家を滅ぼし、長政を死後も辱めた。

「近江は上様のものになった」

六角、浅井が分け合っていた近江は、織田のものとなり、今は明智光秀、羽柴秀吉らに与えられている。

「三河も同じようになる」

もし松平信康が武田と通じていたら、織田信長は容赦しない。

そして松平信康と武田勝頼が手を組んだところで、織田信長に敵うはずもなかった。松平信康は殺され、三河は織田の支配下に入れられる。

「三河は本貫地でございまする」

家康がそう抵抗しても、織田信長は決してうなずくことはない。

「跡継ぎの愚挙さえ止められないのか」

ぎゃくに織田信長は家康を責めるだろう。

「そなたもだな」

いや、家康にも内通の疑いをかけてくる。

「長篠がまずかった……」

家康は織田信長の力を借りたことを後悔した。

遠江を武田から守ったのは織田信長の力であった。

かつて織田信長は、危なくなると徳川家康に援軍を求めた。そして徳川家康はそれに応じた。金ヶ崎、姉川《あねがわ》と、徳川家康のお陰で、織田信長は生き延びたと言っても過言ではない。

織田を支えたのは徳川だという自負を家康は持っていた。ゆえに武田勝頼が高天神城を落とし、遠江へ侵入してきたとき、ためらわずに織田信長を頼った。

今までの借りを返してもらってもいいはずだと思った。なにせその前、武田信玄が大軍で遠江を襲ったとき、織田信長は全力で援軍を出さず、徳川は滅びかけたのである。

しかしこれは、家康の思いでしかなかった。武田信玄が死に浅井朝倉を滅ぼした織田信長にとって、徳川家の価値はなくなったとまではいわないが、かなり落ちた。価値のない徳川のために、貴重な鉄炮を使い、武田を敗走させた。当然、それに見合うだけのものを織田信長は欲している。

親子兄弟が殺し合う乱世なのだ。純粋な厚意だけで援軍を出すようでは、生き残っていけない。

とはいえ、徳川から遠江を取りあげるわけにはいかなかった。そんなまねをすれば、徳川を敵に回すだけでなく、織田信長に反感を持っている者に非難の口実を与えてしまう。天下を求めるならどのような理由でも、名分を与えるのはまずい。そのことを織田信長は、足利十五代将軍義昭との付き合いで知った。

「上様の腸《はらわた》は煮えておられましょう。そこに今回のことでござる」

本多正信が首を横に振った。

「好きにしろというのは……」

「試されているのでございましょう」

確認する家康に本多正信がうなずいた。

「余が取り得る手立てはいくつある」

「三つございまする」

家康の問いに本多正信が指を三本立てた。

本多正信の答えを聞いた徳川家康が、さらなる詳細を求めた。

「説明せよ」

「一つは、このままなにもしないとの選択」

本多正信が指を一本だけ残して、立てた。

「それはまずかろう」

家康でもわかった。好きにしろと織田信長は言ったのだ。これは、なにもしなくてよいとの意味ではなかった。

「なにもしなければ、三郎の内通を認めたことになりかねぬ」

沈黙は肯定したのと同じである。家康は首を左右に振った。

「次は、本当に武田家と通ずる」

「馬鹿を申すな。今の武田家になんの力がある。穴の空いた船で海に出るようなものだ。沈むぞ。で、最後はなんだ」

また否定した家康が最後の一つを申せと促した。

「三郎さまをお咎めになられる」

「……………」

本多正信の言葉に家康が黙りこんだ。

「そうすることで殿の無実を証することができまする」

「廃嫡して於義丸を跡継ぎにするか」

家康の次男於義丸は六歳になっている。さすがに幼すぎて当主にはできないが、世継ぎならば問題はなかった。

「従わぬかの、三河の者どもが」

「……………」

家康の懸念を本多正信が無言で肯定した。

信康は松平家の本城岡崎の城主であり、同時に、家臣団の中核をなす三河衆の旗頭でもある。さらに織田信長から三河の国主として遇されていた。いわば、信康は徳川家のなかで半分独立しているに近い。三河の部将たちも兵も、今や遠江の浜松を本城としている家康ではなく、信康を主君として仰いでいる。

対して於義丸は、神官の娘を母に持ち、家康の側近本多作《さく》左《ざ》衛《え》門《もん》重次《しげつぐ》によって傅育されていた。

徳川家康の息子二人は、あまりに違いすぎていた。

嫡男信康は今川義元の姪である瀬名から生まれ、織田信長の娘を正室に迎えている。

年齢も二十一歳、初陣も無事にすませ、その豪勇振りは、世継ぎにふさわしいとして人望もある。

それに比して次男於義丸は、母の身分が低いうえ、双子であった。双子を忌み嫌う風習は武家に根強く、一時は家康から「捨てよ」とまで言われ、なかなか公子として認められていなかった。そのうえまだ六歳で、どのような武将に育つかもわからない。

当主を二代続けて不慮の死で失い、一度滅びかけた松平、いや、三河がどちらを選ぶかなど言うまでもなかった。

「上様は、織田公は、余を邪魔だと」

家康が息を呑んだ。

「もし、本当に信康さまが武田と通じていたならば、我らは終わりまする。上様は信康さまを切り捨てられましょう、そして殿も」

そこで本多正信が一度言葉を切った。

「問題は……信康さまに仕えている者の誰かが、武田と通じていた場合でございまする」

「どうなる」

家康が問うた。

「信康さまは無実にはなりますまいが、知らなかったとして、謹慎ですみましょう。そして殿は家中取り締まり不行き届きで……」

「隠居……いや切腹か」

遠江に居を移したものの、家康が三河、遠江、駿河の領主には違いない。信康は三河の国主扱いをされているが、家康から預けられているという形でしかなかった。

「家臣の不始末は主の責になりまする。摂津の荒木村重が謀叛を起こしたのも、家中の者が干殺ししている三木《みき》城へ米を横流ししたのが上様に見つかったため、やむなくだとか」

「咎められて殺されるよりは、戦いを挑んだほうがまし……か」

本多正信の話に、家康が苦い顔をした。

五

「どう転んでも、余は終わり……」

本多正信の話は、徳川家康を怯えさせた。

家康が頭を抱えた。

息子松平信康が武田勝頼と通じたという噂は、親子兄弟でさえ戦う乱世では、さほど珍しいものではない。それだけに噂は真実味をもって広がってしまった。

なによりまずいのは、天下人になろうとしている織田信長がその噂を気にしたという事実であった。

「織田と徳川に亀裂あり」

これは大きな出来事であった。

桶狭間の合戦以降、織田信長と家康の同盟は揺らぐことなく続いてきた。織田信長の危機には家康が駆けつけ、家康の危機には織田信長が手を貸す。

昨日の友は今日の敵、兄弟こそ不倶戴天《ふぐたいてん》の敵という風潮のなかで、まさに堅固な仲を誇っていた。

そのお陰で織田信長は背中を気にすることなく、西上を続け、尾張一国の国主から天下人へと名乗りをあげられた。

噂が事実とすれば、いわば、織田の天下を作った最功労者が寝返ったに等しいのだ。

「朝廷守護の比叡山を焼くなど、神仏を畏れぬ織田の悪行に徳川も耐えかねたらしい」

「北条と武田、上杉が手を組んで織田を討つとの報に接して、徳川も信長を見限った」

織田信長と敵対している石山本願寺、十五代足利将軍義昭、武田勝頼、毛利輝元《てるもと》らが、喜んで騒ぎだした。

数人が言うだけならば悪口、数百人なら噂、そして万人が口にすれば真実になる。

わずかな間に家康の立場は非常にまずい状況となってしまっていた。

「上様が好きにしろと仰せられた」

好きにしろというのは、信頼の証にも取れるが、そのじつはどうするのかを見てお るぞとの脅しだと家康は理解していた。

織田信長という武将の恐ろしさは、功績を挙げ続けなければ、譜代の家臣でも切り 捨てる冷たさにあった。

手柄を立てるか、相応の努力を見せるか、そのどちらかさえできれば、新参、寝返 り者でも重用する。

旧態依然を排し、新進気鋭を受け入れる。このような割り切りができてこそ、この 乱れた世の中をまとめあげられた。

「…………」

徳川家康は、今、己が旧態依然か、新進気鋭か、いや、織田信長にとってこれから も己が要るか、不要かの岐路に立たされていた。

「殿……」

近くで控えている本多信俊が気遣いの声をかけた。

「皆、下がれ」

家康は、一人にしてくれと、配下たちに手を振った。

「……はい」

本多信俊、本多正信らが一礼して出ていった。

「どうする」

一人になった家康が、自問自答した。

「好きにしろ、運命は己で決めろ……か」

家康がふたたび自問自答した。

「すべてを失うか、あるいは……」

その先の言葉を家康は口にできなかった。

「三河は悲願の地じゃ」

ようやく祖父清康が統一し、父広忠が奪われた三河を、家康は取り戻した。

「遠江と駿河は、余がものぞ」

今川家の混乱につけこんだとはいえ、遠江と駿河を支配下に置いたのは、家康であった。

「すべて奪われていたところから、血を吐く思いでここまで来た」

家康は今までの苦労を思い出していた。

今川での人質、桶狭間の敗戦、三河一向一揆、そして武田との戦い。そのどれもが死と隣り合わせであった。

徳川家康は目を閉じて、脳裏に苦い思い出を浮かべていた。

「どれも腹立たしい」

家康が首を横に振った。

「人質にされていたときの扱い、胤だけを欲しがる正室、手柄を立てられないように使い潰される部将だった今川のころ。三河を取り戻した途端に、一向一揆が起こり、家臣どものほとんどが背いた辛さ。織田の下で奮戦すれども褒美さえもらえなかった。余は己の力だけで、ここまでの領地を得たのだ。それを脅かされてたまるものか」

目を見開いた家康が、吐き捨てるように言った。

「上様の狙いはわかっておる。なにもなかったとして、余が今回のことを流すのを見ておられるのだ。そして、いつか、織田にとって徳川がつごう悪くなったとき……」

家康が言葉を切った。

「思い出したようにこれを言い立てて三郎を自害させ、代わりに三河へ己の息子を入れる」

三河を預けている家康の嫡男三郎信康は、織田信長の娘婿でもある。いわば、織田の一門なのだ。信康の非を責め立てて家康を黙らせ、義兄弟にあたる織田信長の息子を養子として押しつける。

「奥平にくれてやった亀を離縁させて、吾が息子の妻にすれば、血は続く」

家康の長女を織田信長の息子の誰かに娶らせ、その間にできた子供を三河の跡継ぎにすれば、問題はない。そう織田信長は建前を嘯くだろう。

「今川が瀬名を押しつけ、子を産ませて松平を乗っ取ろうとしたのとまったく同じではないか」

家康にとって、それは我慢できない心の傷であった。

「三河も遠江も駿河も余のものじゃ。誰にも渡さぬ」

家康が同じことを独りごちた。

領地を奪われる恐怖に目の前が暗くなった徳川家康は、それでも冷静な思考をなくしてはいなかった。

「戦っても勝てぬ」

家康が首を横に振った。

織田と徳川の国力差はすでに、追いつけるかという話ではなくなっていた。

徳川の国力はせいぜい三国、それも駿河は北条と武田の攻略を受け続けており、半国ていどでしかない。

対して織田は尾張、美濃、伊勢、志摩《しま》、近江、山城、摂津、伊賀、越前、若狭を支配、越中、播磨、丹波の一部にも影響力を持つ。

ここで徳川が武田あるいは北条と手を組んだところで、織田には歯が立たない。それこそ、叛旗を翻した途端、三河、遠江は織田の軍勢に侵略される。

いや、たちまち陥落すると言ってよい。長篠合戦で織田の強さを目の当たりにした国人たちが、一気に織田へと鞍替えするからだ。

勝てない領主に従う国人はいない。今でも国人たちは、家康をつうじて織田に従っているのだ。

「家臣どもも危うい」

三河一向一揆でほとんどの家臣が、家康に敵対した。仕えてくれていた者から斬りつけられたときの光景を、家康は忘れられなかった。

「戦えば負ける。だが、このままではいつか、上様の策に嵌《は》められてしまう」

家康は苦吟した。

「……国を取るべきだな」

配下を呼び戻した家康が、独り言のように告げた。

「殿……」

「なにを……」

本多正信と本多信俊が顔色を変えた。

「上様に狙われる理由をなくせばよい」

「まさか、殿……」

述べた家康に、本多信俊が身を震わせた。

「三郎に腹を切らせる」

家康が宣した。

内通の疑いがかかっている嫡男三郎信康を切腹させるといっても、そう簡単な話ではなかった。

すでに三河は実質信康の支配下にあり、家臣団も信康を主君として仰いでいる。下手をすれば、三河をあげての叛乱となりかねない。そうなっては織田信長の狙いどおりになる。

「お待ちを、殿。ご嫡男さまに切腹させるなど……」

本多信俊が止めた。

「他に方法があるか」

「…………」

問われて本多信俊が詰まった。

「徳川だけで武田を滅ぼせば、上様もこれ以上、三郎さまのことを申されますまい」

本多正信が別の手立てを口にした。

「いつ武田を滅ぼせる」

「それは……」

「我らだけで武田をやれるはずはなかろう。できるようならば、長篠で上様に助けてなどいただかぬわ」

家康の反駁《はんばく》に本多正信も言葉を返せなかった。

「三郎の疑いを晴らすならば、一年以内に武田を滅ぼすか、それに近いところまで押しこめねばならぬ。できるか」

「……できませぬ」

武田の兵の強さを徳川の者は身にしみて知っている。なにより甲斐は山国で攻め難い。

本多正信がうなだれた。

「五年掛ければどうにかできようが、その五年の間に上様は敵を滅ぼし、天下を吾がものにされるであろう。そうなってからでは遅いのだ」

天下を取ってしまう、あるいは手が届くとなったとき、邪魔なのは敵でなく、同盟者である。同盟者は同格、そして天下取りの功労者でもある。天下平定のあと、相応の身分で遇さなければならないのだ。

天下人は唯一無二である。

共に並び立つ者などは不要、天下すべてが頭を垂れ、その機嫌を伺わなければならない。

もし、一人でも織田信長と同じ座敷でくつろげる者がいるならば、それは天下を取ったとは言えなかった。

そして、徳川家康だけがその一人になり得た。

一応、織田信長のことを上様と呼んでいるし、その命令を断ったこともなかった。

だが、すでに臣下同様だとはいえ、まだ家臣とはなっていない。

「臣従か、三郎信康を捨てるか」

家康に示された選択肢は、この二つしかなかった。

いや、今川に臣従していたころの苦痛を忘れられない家康には、実質一つしか答えはなかった。

八月三日、家康は本多信俊ら、腹心を引き連れて岡崎城へ出向き、まず城の要所を押さえさせた。

「わたくしが武田と通ずるなどあり得ませぬ」

「そなたが岡崎におるだけで、上様はお気になさる。ほとぼりが冷めるまでおとなしくせねばならぬ」

信康の反発も家康は抑えこんだ。

「岡崎から大浜《おおはま》城へ行け」

大浜城は松平広忠が、海路から押し寄せる織田信秀を防ぐため長田平右衛門《おさだへいえもん》に築かせたもので、規模も小さく砦に近い。拠《よ》って戦うことは難しかった。

家康は信康をその家臣団から離した。旗印がなければ、謀叛はできなくなる。

「西三河の衆から、忠誠の誓紙を取る」

続いて家康は、信康の支配下にある石川数正ら西三河の部将たちに、家康に逆らわないとの誓紙を出させた。

「大浜を出て、堀江城へ行け」

さらに家康は、信康を三河から遠江へと移した。

嫡男を捨てる覚悟をした徳川家康は、もう一つ決断した。

「瀬名を二俣城へ移せ」

家康は正室を岡崎近くの館から連れ出させた。

「三郎とともに、二俣で過ごすがよい」

すでに信康も三度移して二俣城へ送っている。

ただ一人、瀬名がすがれる息子信康との余生を家康がほのめかしたことで、反発することもなく、瀬名は輿に乗った。

「三河を出たところで、自害をさせよ」

瀬名を警固する者として選んだ野中重政《のなかしげまさ》、岡本時仲《おかもとときなか》に、家康は密かに言い含めた。

「よろしいのでございましょうか」

さすがに主君の正室を死なせる役目は重い。野中重政が確認を求めた。

「かまわぬ」

家康は平然と告げた。

瀬名は正室ではあるが、妻としての役目を果たしていない。いや、家康が近づけなかった。

最後に瀬名と閨を共にしたのは桶狭間の合戦の前であり、岡崎へ引き取ってからはほとんど顔も合わせていなかった。

すでに瀬名は家康にとって、死んだも同然の女であった。

「…………」

岡崎を離れていく瀬名を家康は見送りさえしなかった。

八月二十九日、自害を勧められたものの拒んだ瀬名は、岡本時仲によって殺害された。

そして九月十五日、天方山城守通興《みちおき》、服部《はっとり》半蔵正成《まさなり》の二人が上使、検死使として二俣城へ到着した。

「ご生害をなさるようにと」

家康の命《めい》を天方通興が伝えた。

「情けなし。吾が子を疑われるとは」

信康が天を仰いだが、すでにことは決した。

「三郎は無実でござると父に伝えてくれ」

無念を呑みこんで信康が切腹、涙で剣を握れなくなった服部半蔵に代わって、天方通興が介錯をした。

松平三郎信康、享年二十一。勇将の片鱗を見せながらも、活躍することなくこの世を去った。

「お見事なる最期でございました」

「そうか。上様にご実検いただかねばならぬ。首にしっかりと化粧《けわい》いたせ」

徳川家康は、号泣しながら信康の首を捧げる服部半蔵と天方通興をねぎらった。

「ご苦労であった」

家康はことの顚末《てんまつ》を記した書付を添えて、信康の首を信長のもとへ送った。

だがそれは、今川の呪いから解き放たれたと同時に、織田の軛の始まりであった。

それからも家康は、織田信長の忠実な同盟者であり続けた。

しかし、天下に手の届いた織田の勢力は強く、徳川の援軍を求めることはなくなり、その価値は下落の一途をたどった。

「ご足下にお加えいただきたく」

天正八年（一五八〇）三月、北条氏政が信長へ服属したことで、徳川は四方を味方と海に遮られ、これ以上領地を広げることができなくなった。

さらに八月、とうとう大坂石山本願寺が講和という形を取った降伏をし、織田家最大の敵が消えた。

そして天正十年三月、織田、徳川の連合軍によって武田勝頼は自刃、戦国最強を誇った武田家は滅んだ。

「終わった……」

家康は喜びを感じることはできなかった。

「駿河一国を与える」

すでにほとんど支配していた駿河を織田信長は家康への褒賞とし、甲州は家臣の河《かわ》尻秀隆《じりひでたか》に預けた。

織田信長は周囲を押さえることで家康の発展を封じた。

「やむを得ぬ」

このままでは独立した大名として生き残ることができない。家康は新たな領地である甲州視察に来た織田信長へ臣従を申し出た。

「であるか」

織田信長は当然だと受け取りながらも、長年の苦労をねぎらうとして、安土城へ家康を招いてくれた。

「奥州《おうしゅう》で存分に働いてもらう。それまでは楽しめ」

二日にわたる饗応の後、織田信長は家康に大坂、堺などの見学を許した。

終章

　安土城を出た徳川家康は、上京する織田信長より、一足早く上方《かみがた》へと入った。

「見事に焼け落ちておるな」

　威容を誇った石山本願寺の焼け跡を見た家康は、驚きを隠せなかった。

　織田信長をもっとも苦しめたのは、武田信玄でも上杉謙信でもなく、石山本願寺であった。信徒百万、僧兵十万を誇ったその石山本願寺も、織田信長の前に屈した。

「まちがえてはおらぬ」

　家康は、織田信長との同盟を終わらせ、臣従することを選んだのはまちがいではないとあらためて確信していた。

「犠牲は決して少なくなかったが……徳川は生き残れた。三河だけだった領地も駿遠三と三倍になった。上々の結末よ。明日からは上様の天下を支える」

　織田の戦に巻きこまれて多くの家臣を失い、正室と嫡男も死なせた。

　どれだけ誹られようとも、戦国の大名は生き残らねばならないのだ。家康は自らに言い聞かせるように述べた。

「さて、堺も楽しんだ。京におられる上様へ御礼を言上しに……」

「惟任日向守さま、ご謀叛。上様ご生害、中将さま二条御所にてお討ち死に」

そこへ凶報が届けられた。

「……馬鹿な」

家康は呆然となった。

「なぜじゃ。ここに及んで謀叛をするなど、愚かにもほどがあるぞ。遅すぎるわ、日向守」

顔を真っ赤に染めて、家康が明智光秀を罵った。

明智光秀だけでなく、謀叛をする機なら今までにいくらでもあった。

織田の天下がほぼ定まった今では遅すぎる。

「領土を広げ、織田どのと肩を並べ、天下を二分する夢をあきらめたというに……息子まで死なせたのだぞ」

家康が慟哭した。

「殿、そうではございませぬ。天が殿の夢を残してくれたのでございまする」

いつのまにか側に来ていた本多弥八郎正信が家康の耳元で囁いた。

「吾が夢は潰えておらぬと」

本多正信の一言が、徳川家康の表情を変えた。

「はい。織田は上様があってこそ。その上様が亡くなられたとあれば、かならずや織田は割れまする」

「そういえば、中将どのも亡くなられたの」

織田長から先年、織田家の家督と岐阜城を譲られた嫡男岐阜中将信忠も、明智光秀の軍勢によって討たれていた。

家康も先ほどの報告の詳細を思い出した。

「織田が割れれば、北条も長宗我部《ちょうそかべ》も服属を撤回いたしましょう」

「東へ伸びられるな」

家康が呟いた。

「尾張がどなたのものになるかによっては、西にも……」

本多正信が小声で付け加えた。

「そうか、織田が割れれば、余の従属どころか、同盟も終わるの」

織田信長には今回の謀叛で死んだ男子以外に、多くの息子がいた。次男信雄、三男信孝《のぶたか》、四男羽柴秀勝《ひでかつ》のように他家を継いだ者もいるが、だからといって家督を手にできる好機を捨て去るはずはない。他に、家臣団も独立した大名に優るとも劣らない勢力を持っている。

「誰と組むか、あるいは誰とも組まぬか」

家康が先を見すえた思案をし始めた。

「殿」

本多信俊があきれた。

「まずは国に戻りましょうぞ。これだけの人数では、上様の仇討ちはできませぬ」

「する気もないがの」

本多信俊の提案に家康が笑った。

「よし、三河へ帰るぞ」

家康が宣した。

「殿、わたくしは京の様子を見ておきたく」

「頼んだ」

状況の詳細を把握したいと願った本多正信に、家康がうなずいた。

「あきらめた夢を、幻になりかけた夢をもう一度見るぞ。天下取りのな。さらばじゃ、信長」

家康が京へ顔を向けて、別れを告げた。

諱で呼べるのは格上だけである。あえて織田信長の諱を、それも敬称をなくしたことで家康は織田との決別を表した。

「その夢きっと果たしましょうぞ」

家康の心中を汲んだ本多弥八郎正信が首肯した。

「駆けよ」

号令を発した家康が、馬腹を蹴った。

「……御仏の罰を思い知ったか、織田信長」

遠くなった家康の背を見送りながら、本多弥八郎正信が、小さく笑った。

後年、天下をかけた関ヶ原《せきはら》の戦いで、家康は「息子がいてくれれば」と後悔のため息を吐いたという。ただそれが信康のことを言ったのか、遅参した秀忠のことを指したのかは伝わっていない。

初　出　「読売新聞オンライン」二〇一九年二月一日〜二〇二〇年二月七日
単行本　『夢幻』二〇二〇年十二月　中央公論新社刊
本書は右単行本の第一部を加筆修正したものです。

中公文庫

夢幻《むげん》（上《じょう》）

2023年7月25日　初版発行

著　者　上《うえ》田《だ》秀《ひで》人《と》

発行者　安部順一

発行所　中央公論新社
〒100-8152　東京都千代田区大手町1-7-1
電話　販売 03-5299-1730　編集 03-5299-1890
URL https://www.chuko.co.jp/

ＤＴＰ　平面惑星
印　刷　大日本印刷
製　本　大日本印刷

Published by CHUOKORON-SHINSHA, INC.
Printed in Japan　ISBN978-4-12-207387-6 C1193

定価はカバーに表示してあります。落丁本・乱丁本はお手数ですが小社販売部宛お送り下さい。送料小社負担にてお取り替えいたします。

中公文庫既刊より

各書目の下段の数字はISBNコードです。978－4－12が省略してあります。

う-28-8
新装版 御免状始末 闕所物奉行 裏帳合㈠
上田 秀人
遊郭打ち壊し事件を発端に水戸藩の思惑と幕府の陰謀が渦巻く中を、著者史上最もダークな主人公・榊扇太郎が剣を振るい、謎を解く！ 待望の新装版。
206438-6

う-28-9
新装版 蛮社始末 闕所物奉行 裏帳合㈡
上田 秀人
榊扇太郎は闕所となった蘭方医、高野長英の屋敷から、倒幕計画を示す書付を発見する。鳥居耀蔵の陰謀と幕府の思惑の狭間で真相究明に乗り出すが……。
206461-4

う-28-10
新装版 赤猫始末 闕所物奉行 裏帳合㈢
上田 秀人
武家屋敷連続焼失事件を検分した扇太郎は改易された出火元の隠し財産に驚愕。闕所の処分に大目付が介入、大御所死後を見据えた権力争いに巻き込まれる。
206486-7

う-28-11
新装版 旗本始末 闕所物奉行 裏帳合㈣
上田 秀人
失踪した旗本の行方を追う扇太郎は借金の形に娘を売る旗本が増えていることを知る。人身売買禁止を逆手にとり吉原乗っ取りを企む勢力との戦いが始まる。
206491-1

う-28-12
新装版 娘 始 末 闕所物奉行 裏帳合㈤
上田 秀人
借金の形に売られた旗本の娘が自害。扇太郎の預かりの身となった元遊女の朱鷺にも魔の手がのびる。江戸闇社会の掌握を狙う一太郎との対決も山場に！
206509-3

う-28-13
新装版 奉行始末 闕所物奉行 裏帳合㈥
上田 秀人
岡場所から一斉に火の手があがった。政権返り咲きを図る家斉派と江戸の闇の支配を企む一太郎が勝負に出たのだ。血みどろの最終決戦のゆくえは⁉
206561-1

う-28-14
維新始末
上田 秀人
あの大人気シリーズが帰ってきた！ 天保の改革から二十年、闕所物奉行を辞した扇太郎が見た幕末の闇。過去最大の激闘、その勝敗の行方は⁉
206608-3